JN103033

一緒に剣の修行をした幼馴染が奴隷になっていたので、Sランク冒険者の僕は彼女を買って守ることにした

著：笹塔五郎
イラスト：菊田幸一

GCN文庫

contents

プロローグ

僕、リュノア・ステイラーは冒険者として活動を始めて三年が経過していた。

十八歳になった僕は、『Sランク』の冒険者として『ルドロ』の町を拠点にしている。

……今日は久しぶりに、王都の方までやってきた。

Sランクにもなると、国の災厄レベルの依頼までやってくることがある。

そもそも、僕がこのレベルの実力者になれたのは、幼い頃から幼馴染《おさななじみ》の少女に鍛えられたから、というのが大きいだろう。

僕より一つ年上だった少女、アイネ・クロシンテ。両親が共に冒険者であった彼女の父親はよく仕事に出ていて、母親の方は家事に専念していた。

そんなアイネの剣の修行に、僕はよく付き合わされた。アイネの剣の腕はすさまじく、正直言ってしまえば僕なんて足元にも及ばないくらいだ。

初めは付き合わされていた感じだけど、だんだんとアイネの強さに憧れを抱くようになったのを、覚えている。……それと同時に、何かにつけていじわるをしてくる彼女を見返してやりたい、という気持ちがあった。

「男なのに情けないわね」とか、「そんな腕で女の子を守れるの？」とか、色々と言われたものだ。

そんな僕も、今では最年少のSランク冒険者——巷《ちまた》では、『二代目剣聖』とも呼ばれるようになったくらいだ。……まあ、剣聖と呼ばれる冒険者には会ったこともないし、僕自身は剣聖に憧れているわけでもない。

僕がいつだって勝ちたいと思っているのは、幼馴染であった少女——アイネだ。

彼女は両親と同じ冒険者の道を選ぶことはなく、遠く離れた国へと向かった。

『ラベイラ帝国』と呼ばれる国で、決して大きいところではなかったが、彼女はそこで騎士になったという話を以前村に戻った時に聞かされた。彼女ならば、騎士としても重宝されることだろう。

僕達の暮らす王国領ではなく、帝国の地を選んだのは、彼女なりに考えることがあったのかもしれない。アイネの出身は帝国ではないが、向こうの国では他国出身者であっても実力さえ証明できれば、騎士になることは可能だった。

だから、いつか再会することがあれば……僕は彼女ともう一度手合わせをしたいと思っていた。

彼女もひょっとしたら、僕の冒険者としての話くらいは聞いているかもしれない。

王都を歩きながら、僕は帝国のある方角を見た。……この仕事が終わったら、近いうちに行ってみようか。

そんなことを考えていると、ガラガラと大きな音を立てながら、馬車がやってくる。

その馬車の後ろは鉄格子となっていて、中には鎖に繋がれた少女達がいた。

奴隷――どこかの国の罪人や、お金がなく売られてしまった人間達が、用途に応じて売られている。使用人として使われる者や、冒険者の戦闘員として買われる者。……貴族の玩具《おもちゃ》として、性奴隷として買われることもあるという。

何か犯罪に関わるようなことがあれば、当然僕の出番ではあるのだけれど、奴隷商は真っ当ではないが国で認められている仕事だ。

羽振りがいいのか、悪趣味な宝石を着けた商人が、御者と共に並んで座っている。

これから開かれる、奴隷市場へと向かうのだろう。……極力そちらを見ないようにして、僕はその隣を通り過ぎていく――つもりだったが、とある少女を見つけて足を止めた。

「……え？」

少女達の中で、最も厳重に拘束された、金髪の少女。奴隷といっても、商品であるがゆえに身嗜《みだしな》みは綺麗に整えられている。長く美しい髪に、傷はあるが白く綺麗な肌。彼女が元は冒険者や騎士であったことは、誰の目にも分かる。……そして、彼女が誰であるかも、僕には分かった。

「アイネ……？」

拘束された少女――アイネに向かって、その名を呼ぶ。アイネも僕に気付いたのか、ハッと顔を上げると、先ほどまで俯いて悔しそうにしていた顔を赤らめて、

「リュノア……!? や、み、見ないで……っ」

「なんだぁ、静かにしろ！」

ガンッと鉄格子が叩かれる。

奴隷商が、鉄格子に対して棒を思いきりぶつけたのだ。ビクリと少女達が震え、その中にいるアイネも怯えた表情を見せる。――半ば反射的に、身体《からだ》が動いていた。

「やめろ」

「ひっ……」

馬車の上に乗り、腰に下げた剣を抜き取って、僕は奴隷商の首にあてがう。驚いた表情で、奴隷商が手を上げた。

潤んだ表情のまま、アイネは恥ずかしそうにして僕から視線を逸らす。

どういうことなのか分からないが、少なくとも僕には彼女との再会を喜ぶ時間はなさそ

うだった。

「あ、あの……旦那？　へ、へへっ、一先《ひとま》ず落ち着きましょうや？」

「……少し熱くなった」

奴隷商に詫びて、僕は剣を下ろす。この状況では、完全に悪いのは僕だ。

まだ若い男が、奴隷の扱いに対してキレたように見えたのだろう。にやりと笑みを浮かべて、

「へへっ、別にこれくらいなら怒りやしやせんよ。旦那くらい若いと、奴隷に対して偏見がある人もいるかもしれませんがね――」

「いや、別に偏見があるわけじゃない。あなたが正統な手順を踏んだ商人であるからこそ、この町でも隠れるようなことはせず堂々としているのだろうね」

「分かっていただけるのなら、一先ず馬車を降りていただけますかね？　これから奴隷市場に向かわないといけないんで――」

「いくらだ？」

「……へ？」

僕の言葉を聞いて、奴隷商が首をかしげる。

ハッとした表情を見せたのは、アイネだった。僕の言葉の意味をいち早く理解したのだ

ろう。

そんな彼女が何か言う前に、僕はもう一度奴隷商に告げる。

先ほど仕事を終えて手に入れたばかりの金貨を懐から出して奴隷商に手渡すと、

「彼女——アイネはいくらだ。市場に出す必要はない。必要な金額、僕が全て出そう。僕が、彼女を買い取る」

はっきりと、そう宣言した。

——人生で買うことはないだろうと思っていた奴隷。初めて購入した奴隷は、同じ村で育った幼馴染の少女だった。

第一章

僕は早々に、近くに取った宿へと戻ると、宿屋の主人に追加の宿賃を支払った。幼馴染《おさななじみ》の少女――アイネと共に、だ。

アイネとはろくに話す時間もなく、奴隷商には僕が『Sランク』の冒険者である証明をした上で、後程アイネを買って足りなかった分を払うと約束した。

かなり吹っ掛けてくるかと思ったが、そこは良心的……という言い方もおかしいけれど、真っ当な奴隷商ではあったのだろう。

それでも彼女は高かったが、僕に買えないことはなかった。一応……僕の稼ぎの多くが持っていかれるくらいの額ではあったけれど。

部屋に入ると、僕はすぐにアイネを椅子に座らせて、対面に座る。

「えっと、とりあえず……久しぶり」

「……」

僕の言葉に、アイネは答えない。俯いたままで、表情は暗かった。

途中で羽織れる服を買ったのだが、彼女はその服の裾を強く握って、震えている。……どう話を進めたものか、と考えてしまう。

お互いに久しぶりの再会だ――本当なら、色々と積もる話もある。

Sランクの冒険者になったんだと、自慢したいところもあった。

けれど、今はそれどころではない。一先ずは彼女の話を聞かなければ――そう思っていると、

「こんな姿、見られたくなかった。あんたにだけは……」

唇を噛みしめながら、アイネはそんな風に言う。

馬車の中で捕らえられている時もそうだった――アイネは僕とは顔を合わせようとせず、どうにか見られまいと必死だったように見えた。……確かに、奴隷になった姿など見られたいとは思わないだろう。

けれど、僕はそれ以上にアイネのことが心配だった。

もしも僕が彼女に出会わなければ、今頃彼女は見知らぬ誰かに売られて、二度と出会うこともできなくなっていたかもしれない。だから、僕ははっきりと告げる。

「僕はよかったよ、君に出会えて。こんな形だけど――」

「よくなんかない！　わた……私、奴隷なんかになって、あんたに買ってもらうなんて、

迷惑かけて……っ！　いっそ、出会わない方が――」

「アイネ」

「っ！」

僕が名前を呼ぶと、彼女はびくりと身体を震わせた。……そっと彼女の傍《そば》に近寄って、僕はできるだけ優しく諭す。

「大丈夫だから。お金のことなんて気にしなくていい。僕は、君に出会えてよかった」

「うっ、うぅ……ご、ごめんなさい、私、私――」

アイネは声を押し殺しながらも、泣いていた。

理由を聞くのは後でもいい。一先ずは、彼女を安心させるところから始めよう。

アイネの首には、奴隷の象徴の一つである首輪が取り付けられている。

鎖で繋がれていて、それは彼女の自由を奪っていた。

どうにか外せないものか……そう思っていると、アイネが泣き止んで僕から離れる。

「ごめんなさい……それと、ありがとう」

「うん、大丈夫だよ。それで……その」

「分かってる。私がどうして、奴隷になったか、でしょ」

「……うん、話したくなかったら別に――」

「いいえ、話すわ。だって、あんたが助けてくれたんだし、どのみち、調べれば分かることだもの」

視線を逸らしながらも、アイネは意を決したように言葉を続ける。

「私は、『ラベイラ帝国』で騎士になった――それはあんたも、村の人から聞いてる？」

「うん、一度戻った時にね。いずれは行こうと思ってたんだけど……」

「それなら、来なくてよかったわね。あの国は今、権力争いが激化してるの。国内で争ってる。私はそんな国で、騎士になった――本当にバカよね。そんなことに興味はなかったけど、私の騎士としての評価はいわゆる平民としては高すぎたのよ。だから……遠征先で起きた『騎士殺し』の件を、私の罪にされたの」

「騎士殺し、だって？」

「ええ、砦《とりで》の上官含めて数名が殺されたってね。私はその場にいなかったんだけど、他の騎士達は私がやったのを見たって証言したの。私が否定しても、証人の数が多すぎた――だから、私は罪人として牢獄に入れられたの」

――アイネは仲間に裏切られて、騎士から奴隷に堕《お》とされたのだ。

あまりに理不尽な話だけれど、帝国の内情はそれだけ緊迫した状態にあるということだろう。

彼女はそんな争いに興味はなかったのかもしれないが。

「君なら逃げ出せたんじゃないのか？」

「……やってない罪から逃げるなんて嫌よ。だから弁明の機会を待ったの――でも、牢獄に入れられて数日で、私の奴隷堕ちが即座に決定されたわ」

おそらく、彼女に逃げられる可能性があると分かっていたのかもしれない。

僕も彼女と最後に会ったのは四年ほど前のことだが、彼女の実力ははっきり言って高かった。

今の僕がそう思うくらいだから、並大抵の騎士では相手にならないくらいだろう。……真っ直ぐであるがゆえに、彼女はこうなってしまったのだ。

話を終えると、アイネは自嘲気味に笑い、

「どう……？　バカな話でしょ。私なんて、本当は助ける価値――」

「アイネ、何度も言わせないでくれ。君がそんな風に思う必要はない。それこそ、僕が君を買ったんだ。それだけの価値があると、僕が判断した」

「……っ、あんた、いつからそんなこと言えるようになったのよ」

僕の言葉を聞いて、アイネは少し驚いた表情を見せる。

割と恥ずかしいことを言った……思い返してみるとそうだが、一先ずはアイネのためだ。

僕は思い立ったように彼女の言葉に答える。

「ああ、実は僕……今はSランクの冒険者なんだ。君に追いつくために必死で頑張ったんだよ」

「へえ、Sランクの――って、Sランク……!? あんたが、冒険者としての最上位クラスなの……!?」

先ほどまでの暗い雰囲気を吹き飛ばすように、アイネが大きな声で言う。

「こ、声が大きいよ」

「あ、ご、ごめんなさい。でも……そう。あんたが、Sランクの……。それは、私も予想してなかったわ」

どうやらアイネは知らなかったようだ。

王国と帝国では隣国とはいえ、結構な距離がある。

僕も向こうで活動している冒険者については全て把握しているわけではないし、騎士としての仕事で彼女も忙しかったのだろう。

「うん、だから一先ず、お金については心配いらないよ。それと、この首輪についてだけど――」

「！　そ、それは……っ！」

バッとアイネが首輪に触れて、僕から距離を取った。……やはり、奴隷の象徴となる首輪については、話題にもしてほしくなかったのだろうか。

そう思っていると、アイネが視線を泳がせながら、歯切れ悪く言う。

「こ、これは……その、『性属の首輪』って、言うの」

「『性属の首輪』……？　奴隷の首輪にも種類があるのか」

僕の問いかけに、こくりと彼女は頷いた。

「外せないのか？」

「……簡単に外せたら、奴隷がすぐに暴れるかもしれないでしょ。そういうことも、できないように外せなくなってるのよ。少なくとも、普通のやり方では」

「……そうか。それなら外す方法も探さないと――どうしたの？」

「ん、いやっ、なんでも、ない……んっ」

不意に、アイネが顔を赤らめながらそんな風に答える。

どう見ても、何でもないという様子ではない。身体《からだ》をくねらせながら、何かに抗《あらが》おうとする姿は妙に色っぽくて、僕は思わず視線を逸らす。

「な、何でもないわけないだろ。どうしたのさ……？」

「はっ、んっ……こんな、ときにっ……！」

恨めしそうにしながら、アイネの呼吸が荒くなっていく。何かの呪いか病気なのでは
——そう思ってしまうくらいだ。

「……調子が悪いのか？　一先ず医者を呼ぼう」

「だ、大丈夫、だからっ！」

「大丈夫なわけないだろ。君が心配だ。すぐに戻るから——」

「こ、この首輪のせい、なのっ！」

「……首輪の？」

「そ、そう……んあっ、こ、の首輪は……『性属の首輪』はっ、性奴隷に……使うためのもの、でぇ……」

吐息を荒くしながら、アイネは言葉を続ける。潤んだ瞳で僕を見ながら、彼女ははっきりと言い放つ。

「一日に一回は、無理やり、んっ、発情させられる、のぉ……」

すがるような声で、アイネが言う。——僕はようやく、アイネが置かれている状況を理解した。

彼女は今……いや、ひょっとしたらもっと前からかもしれない。無理やり発情させられた状態にされているのだ。

僕は支えていないと動けない状態のアイネを、ベッドの上に寝かせる。

相変わらず呼吸は荒く、顔を赤くして僕のことを見ている。……こんな状態のアイネを、僕は見たことがない。

彼女の様子を見るに、かなりつらいのだろう。すぐにでも楽にさせてやりたいところだが。

「これは時間でよくなるのかな……?」

「じ、時間じゃなくてぇ……その、え、えっちなこと、しないとダメ、なの」

ふいっと顔を逸らしてアイネが言う。……随分と悪趣味な首輪を着けられたものだ。

どういう状況でも発情させられるようになっているのだろう。

アイネは必死に耐えているようだが、魔法的な効果で無理やり興奮状態にさせられている。このまま耐えられるはずもないだろう。

きっと、こんな状態を僕に見られているのも我慢できないのかもしれない。

僕はアイネに背を向けて、

「僕は、その……しばらく外にいるから。えっと、だから、一人で――」

「一人じゃ、ダメ、なの……っ。誰かに、してもらわないと、んっ……!」

懇願するようなアイネの声に、思わず振り返る。

潤んだ目に、赤くなった頬。荒い吐息はどこまでも、幼馴染を扇情的に見せた。

僕はそんな風にアイネを見たことはない――見たことはないつもりだったが、今の彼女を見てしまっては僕の方も試されている気分だった。

小さく息を吐いて、僕はアイネの傍に座る。

「誰かに」という言葉の時点で、僕がするしか選択肢はないのだろう。今の僕は、彼女の主《あるじ》なのだから。

「アイネ……その、いい、かな?」

「……んっ」

返事なのか喘ぎ声なのか分からなかったが、アイネは無言のまま自らの服をめくる。

――下着も着用していない状態だった彼女の秘部が露《あらわ》になると、そこはすでに愛液で濡れていた。そして、綺麗な肌が視界に入ると、アイネが何か気付いたように手で隠す。

「は、生えてないんじゃなく、てぇ、そ、剃られたの……!」

……別に僕は聞いたわけじゃない。

けれど、アイネはそこに気付いて隠したのだろう。子供の頃にならば裸の付き合いくらいは当然あったが――こうしてお互いに成長してからは見る機会などない。あるわけもなかった。

そんな彼女が奴隷に堕ちて、無理やり発情させられて、今は女性器を恥ずかしそうに隠している。

正直言ってしまえば、かなりエロい――だが、そんな風に思うことも、彼女は嫌がるかもしれない。だから、僕は冷静に事を済ませる必要がある。

「アイネ、手をどけてくれないかな？」

「……っ」

「大丈夫。すごく綺麗だったから」

「ゃ、そ、そういう、こと言わない、でよぉ……！」

褒めたつもりだったのだが、アイネが余計に恥ずかしそうな表情で僕を睨む。

仕方なしに、彼女の手を無理やり退《ど》ける。今のアイネはろくに抵抗する力もないのか、そっと手を握るだけでも簡単に退けることができた。

ひくつくように震える女性器が見える。アイネの身体も、怯えるように震えていた。

僕は普段から着けている手袋を咥《くわ》えるようにして外し、アイネの下腹部にそっと触れる。

それだけで、ビクリとアイネの身体が大きく跳ねた。

「んいっ!?」

「！　ご、ごめん！」

思わず謝ってしまう。そもそも、僕にはこういう経験がない。

アイネは首を横にふるふると振って、傍にあった枕を抱きかかえる。顔を隠すようにしながら、彼女は僕を見て言う。

「い、いいから」

「……え？」

「リュノアなら、いいから。好きなように、触って……？」

――こんな風に、幼馴染が従順な仕草を見せたことはない。

彼女もきっとつらいのだろう……そんな気持ちもあったはずなのに、それ以上に僕は、彼女の気持ちに応えなければならないという風に思った。

指先で彼女の性器に触れて、そっと開く。ひだのようになっているところも、クリトリスもどちらも綺麗なピンク色。

「指ぃ、だけでも、いい、からっ。イ、イッたら、治るの……っ」

「……分かった。少し我慢していてくれ」

「ん、んっ、ひあっ!?」

撫でるようにしながら、僕は彼女の秘部に触れていく。

どうしたら気持ちよくなるのか……考えながら、彼女の反応を見て探る。強くしがみついているのか、すっかり枕の形が変わってしまっている。

ぷるぷると震える彼女はどこまでも弱々しくて、それでいてとても扇情的だ。

できるだけ優しく、優しく彼女の性器を撫でて、僕はそのまま指先を入れる。

びくりと、アイネの身体が大きく跳ねた。

「んあっ!?　ま、待ってぇ！　も、もっとやさし、く……っ」

十分に優しくしているつもりなのだが、それでもアイネの反応は大きい。

……相当敏感になっているのか、それとも元々彼女が敏感なのか。彼女の膣内は、指先に吸い付くようにしながら震えている。

濡れているから、滑るように指先が入っていく。

「わ、たし、まだ、処女……だから、なのっ。だから、奥まで、指はぁ……」

この状態で、彼女はまだ『処女』だという。今の彼女が性奴隷として売られたのだとしたら、おそらくそこに価値を見出《みいだ》されたのだろう。

処女の若い騎士――好む人間は何人もいる。

僕は彼女の言葉に応じて、膣内を指で撫でながら、クリトリスにも親指で触れた。

また、アイネの身体が大きく跳ねる。

「ひっ、あっ、や、優しくってぇ、言ったのにぃ……！」

「十分優しくやってるよ。アイネが敏感なだけじゃないのか？」

「ち、ちが、ちがうっ。私、そんな、淫乱じゃ、にゃい……っ」

もう舌も回らなくなっている彼女を見て、僕も興奮を抑えきれそうにない。

けれど、ここで彼女に挿入してしまうのは——きっと違うのだろう。

僕はただ指だけで、彼女がイクまで触り続ける。

やがて、大きく身体を震わせたアイネは、

「ん、ひっ、あ、あああああっ！」

ぐったりと脱力して、動かなくなる。手を離すと、ねっとりと彼女の愛液が糸を引いた。

一先ず、彼女の発情は治まったらしい——けれど、涙目のまま動けなくなったアイネは、しばらく荒い呼吸を整えるのに必死な様子だった。

僕も、小さく深呼吸をして心を落ち着かせる。……彼女を買ったということは、毎日こういうことをしなければならないということだ。

しばらくアイネは、ベッドに横になったまま無言だった。

僕も椅子に腰かけたまま、彼女に背を向けて考える。一先ずできることと言えば、彼女の首輪を何とかして外してやることだろう。

不可抗力とはいえ、無理やりされるのはアイネも本意ではないはずだ。

そう考えていると、ギシッとベッドの方から彼女が起き上がる音が聞こえる。

僕が彼女の方を振り返ると、ボフッと枕が顔面目掛けて飛んできた。

「……まだ、見ないで」

「……ごめん」

「あ、う……その、謝るのは、私の方よ。本当は、こんな風に言える、立場じゃない、のに」

ぎこちなく、アイネがそんなことを言う。

僕は一度深呼吸をして、枕をテーブルの上に置いた。

アイネが相変わらず恥ずかしそうにしながら視線を逸らす――先ほどまでの行為を忘れることは難しいだろう。だが、今後のことについて話すべきだ。

「えっと、とりあえず僕は君のその首輪を外す方法を見つけるよ」

「……これを？」

「ああ。いつまでもそのままでは君も嫌だろ？　今後――不可抗力とはいえ、僕が君の……その、手助けをしなければならない。さすがにそんな生活を続けたいとは思わないだろう」

「……」

僕の言葉に、アイネが沈黙する。

迷ったような表情を見せながら、彼女は自分の口元に手を当てると、

「別に、嫌じゃ、ない」

「え？」

「――っ、な、何でもない！　とにかく、外してくれるっていうのなら、うん。その方法、探したいとは思う。けど、あんたに迷惑は、かけたくなくて、だから……」

「アイネ、僕は別に迷惑だなんて思わないよ」

「あんたがそうだとしても、私はそう思うのよ！」

「……そうだとしても、だ。今のままじゃ一人で行動もできないだろ？　それとも、他の誰かの世話になるつもりか？」

「そ、それは……そもそも、そんなこと、できない、けど」

「ん、できない？」

「だって、今の私の所有者は、あんたなんだもん。首輪に魔力、通したでしょ？」

「あ、ああ。契約に必要だって――まさか」

僕はその言葉を聞いて、その事実に気付く。

彼女の首輪に魔力を通して、今の持ち主は僕となっている。

だから、首輪の効果で彼女が発情したとして――それをどうにかできるのは僕しかいないということだ。……そうであるとすれば、どのみち僕が協力する必要になる。

「なら、僕に頼るしかないってことだね」

「そう、だけど……毎日あんなこと、あんたとはするのは、ちょっと……」

アイネの目が泳ぐ。やはり、彼女も女の子だ――恋人関係でもない相手に、自分の大事なところを触られるのは嫌なのだろう。

だが、そこはしばらく我慢してもらう他ない。

「できるだけ早く済ませられるようにする。それに、首輪もすぐに外せるように努力するよ。僕は今、Sランクの冒険者なんだ。だから、信じてほしい」

「……そ、そこは、別に信じていないわけじゃ、ないから」

「じゃあ、僕と一緒で問題ないかな？」

「分かったわよ。どのみち、私はあんたに買われた奴隷だもん。選択肢なんて、ないわよ」

アイネがそう言って、窓の方に視線を向けた。一先ずは納得してくれたらしい。

当面の目的は決まった――まずは、彼女の首輪を外すということだ。

それさえできれば、アイネを自由にすることができる。それまでは、彼女に我慢を強いることになってしまうが。

「とりあえず、だ。よろしく頼むよ、アイネ」

「……よろしく、リュノア」

こうして、僕とアイネは再会して主人と奴隷という関係になった。

すぐに昔のような関係に戻ることはできないだろうけれど、いずれはまた手合わせもできるようになればいい。

「じゃあ、僕は少し出てくるよ」

「！　どこか、行くの？」

「うん、すぐに戻ってくるから」

アイネの表情がどこか寂しそうに見えて、咄嗟《とっさ》に答える。

彼女にそれを指摘するときっと嫌がるだろうから、僕はそれだけ言って部屋を出た。

奴隷商の下《もと》に赴いて、これから彼女を買った残りの金を支払いに行く予定だ。

……それともう一つだけ、確認することがある。

(もしも彼女に首輪を着けたのが奴なら……まずは解除の方法を知らないか聞いてみるか。落ち着けよ、僕。さすがに斬るのはまずいからな)

……彼女をあんな風にした人物を、僕はきっと許せないだろうから。自分に言い聞かせるようにして、アイネを残して宿を後にする。

僕は『冒険者ギルド』に寄ってから、奴隷商の下を訪れた。

基本的にはこなした依頼でも高額報酬のものについては、分割でもらうようにしている。Sランクにもなると、そういう融通が利くようになるのだ。

元々、冒険者のランクはEからAランクまであって、Aランクが最高であった。そこに、さらなる上のランクとして数年前に追加されたのがSランク――現状、この国で活動しているのも数える程しかいない。僕はその一人であるために、町でも顔は結構知られている。

奴隷商は見たことのない男であったが、次に会った時には僕のことを知っていた。……おそらく、客の誰かから情報を仕入れたのだろう。

それほど身長は高くなく、少し長めの黒髪という、どこにでもいそうな感じであるが冒険者の格好としては逆に目立つらしい。子供の頃は女の子と間違われることもあったけれど、最近では少なくなった――それでも、中性的であるとは言われるけれど。

話しかけても下手《したて》であった奴隷商に対して、僕は強く出ることもしない。

ただ客として購入した奴隷の代金を払い、自然な形で彼女の首輪について尋ねた。

曰く、アイネについては奴隷商も仕入れただけであり――その時にはすでに『性属の首輪』を着けていた、とのことだ。

奴隷については詳しくないが、あの首輪は相当珍しく高価なものであるらしい。魔法効果のある道具を作れる人間は、『魔導師』であっても決して多くはない。

単純な奴隷に命令を聞かせる道具であれば作れる人間もいるが、さらに魔法の効果を乗せるとなると限られてくる、とのことだ。

一番手っ取り早いのは作った人間に解除させることらしいが、それもできるかどうか分からないらしい。

つまり、今のところでは進展は何もなかった。アイネに首輪を着けた者については、彼女自身に聞くしかないだろう。

アイネが首輪の名を知っていたということは、着けた人物についても知っているはずだ。

……奴隷商は帝国側から来たのだから、間違いなく帝国にいる人間なのだろうが。

「……アイネが、すぐに行きたがるとも思えないけれど」

僕はそこを悩んでいた。彼女に直接、首輪について聞かなかったのも、嫌なことを思い出させたくなかったからだ。

さすがに再会してすぐに帝国側に行こう、とも切り出せない。

すぐに自由にしてあげたいところだが……というか、自由にさせないとまた『あれ』を繰り返すことになる。

「……」

僕は思い出しそうになって、思わず目頭を押さえてため息をつく。

……恥ずかしがる姿の彼女も、懇願するような表情の彼女も、とても可愛らしかった。

アイネはきっと大変な思いをしているはずなのに、僕はそんなことを考えてしまう。

「一先ず、戻ろう」

アイネの買い取りについては無事に終わった。これで一応、奴隷という形のままではあるが、彼女は僕の下で自由に動けるようになる。

毎日の『発情』については、しばらくの間は僕が手伝うことを我慢してもらうしかない。

宿の方へと向かうと、途中でパン屋を見つけた。以前はよく、僕の母が作ったパンを彼女もおいしそうに食べていたのを思い出す。食べ物で釣る、というわけではないが、どうにか機嫌くらいは取りたいところだ。

僕としても、アイネとは積もる話もあるところだし。いくつか僕の分と彼女の分を買って、僕は宿の方へと戻る。

好みが変わっていなければ、アイネは甘いパンの方が好きなはずだ。そんなことを考えながら部屋の前まで戻ると、何やら中から声が聞こえる。

「……？　アイ――」

「んっ、だめ……リュ、ノア……っ」

「――」

僕は思わず、その場でぴたりと動きを止めた。これは聞いてはならないものだと、すぐに理解したからだ。そっと部屋の前から離れて、僕は一度小さく息を吐く。

「おかしい」

――おかしい。先ほどアイネの発情についてはどうにかしたはずだ。

それなのに、今の彼女は部屋で、自慰行為をしている。もしかすると、僕の力不足だったのだろうか。

いや、でも彼女の発情は確かに治まっていたはず……。

とりあえず、部屋に戻る途中でいい具合に足音を立てよう。

そう考えて、僕は一度扉から離れる。を実施することにした。コツコツとわざとらしく音を立てながら戻ると、部屋の中でも慌てふためいたように動く音が聞こえる。

念のため、部屋のドアをノックした。

「アイネ、僕だけど……今、戻ったよ」

「ど、どど、どうぞ」

……明らかに動揺した感じの返答を聞いて、僕は部屋の中に入る。

少しだけ赤くなった顔で、アイネは視線を僕には向けずに窓の方を見つめている。布団で下半身は隠すようにしていた。

　とりあえず、先ほどの件については触れないのが正解だろう。雰囲気を変えようと、僕は手に持った袋をアイネの方に見せて言う。

「えっと、パン買ってきたんだけど、食べる？」

「……い、いただくわ。普通にパンを食べるのも、久しぶりだしね」

　素直なアイネにパンを渡して、僕はすっかり遅くなった昼食を摂ることにする。

　今後のことについては、食べ終わった後に話すことにした。

　それから食事を終えた僕とアイネは、そのまま部屋で過ごすことになった。元々、王都の方に来たのは仕事の話があったからで、まだそれを受けるとも決めたわけじゃない。

　彼女のこともあって結局、冒険者ギルドではお金を引き出すだけで終わってしまっていた。

　僕は椅子に腰かけたままで、彼女は再びベッドの方に移っている。……さて、どう話を切り出したものか。

　実際こうして久しぶりに会うと、何を話していいものか分からない。先ほどのような『行為』のこともあって、余計に気まずい感じがあった。

　昔なら、こういう時はアイネの明るい性格もあって話しやすいところもあったわけだけど、さすがにそれを期待するのは男じゃない。

「あの――」

「ここに来たのって、冒険者の仕事？」

「あ、うん。そうだけど」

僕が話を切り出そうとしたタイミングで、声をかけてきたのはアイネの方だった。

「そっか……Sランクって、帝国でも英雄扱いされるような冒険者なのよ。それにあんたがなってるなんて、驚いたわ」

「はは、まあ……僕もそこまでいくとは思ってなかったよ。君との修行があったからかな？」

「……そんなのでそこまでいくはずないでしょ。あなたの実力と、努力があったから」

「……そう言ってもらえるのは嬉しいけど、今の僕があるのはアイネがいてくれたからだよ。そうでもないと、きっと今は冒険者なんてやってない。剣を握る機会なんてなかったからね」

「まあ、あんたに才能があるのはなんとなく分かってたから。それが当たったとなると、私にも見る日はあったみたいね」

ようやく、アイネが少し笑顔を見せてくれる。

僕もそれに笑顔で答える。……こういう風に真っ直ぐ褒めてくれるとは、正直思わなかった。だから、僕も彼女の話に触れる。

「アイネも、騎士になったんだよね？」

「……ええ、そんなに長い期間じゃないけど、結構評価してもらえてたと思う」

「なるほどね。それにしても、他国の騎士になるなんて思わなかったよ」

「それは、私にも色々あるのよ。一応、王国の騎士の試験も受けたんだけど」

「あ、そうなんだ。帝国の方が待遇はよかった、とか？」

「待遇は最悪」

アイネがそう言って、自分の首元を指差す。僕は思わず言葉に詰まる。そんな僕を見て彼女はくすりと笑い、

「冗談よ。その……本当に助けてくれて感謝は、してるから」

そう言って、笑顔を見せてくれる。ただ、先ほどとは違って無理をしているのは分かった。

――正直、僕も言葉を選んでしまっているところはある。余計なことを言って、アイネを傷付けるようなことはしたくないからだ。

でも、そうだ……伝えるべきことは伝えておこう。

僕は席を立って、アイネの傍に寄る。アイネが、怪訝《けげん》そうな表情で僕のことを見る。

「リュノア……？」

「アイネ、僕は君がいたから強くなれた。君のために、強くなったんだ」

「……？　――は、ふぇ!?　な、ななな何言ってるのよ!?」

アイネが動揺したように声を上げる。そんなにおかしなことを言ったつもりはない。

僕は、アイネを超えるために強くなろうとして、彼女と競うために強くなったのだから。

アイネの手を握って、僕は言う。

「僕は今、Sランクの冒険者だ。けれど、それはあくまで冒険者ギルドの指標でしかない。でも、それで君のことを安心させられるのなら、僕は誇張してでも言うよ。この僕が君を守る。だから、安心して――」

「わ、分かったからっ。と、とりあえず……手、は、離して？」

「あ、ご、ごめん！」

思わず気持ちに熱が入り、自然と彼女の手を握ってしまっていた。

昔と違って、僕も彼女ももう子供じゃない――むやみやたらに触れられるのは嫌だろう。

「リュ、リュノアの気持ちは、その……分かったし、伝わったから。そんな風に思ってくれてるなら、その……うん」

顔を赤くして何か言いたげだが、アイネの声は消え入りそうに小さくなる。先ほどの様子から見て何か――まさか。

「……もしかして、熱があるのか。顔が赤いけど」

「！　な、ないっ！　とにかくっ、私は……あんたのことを信じるから。それだけっ！」

バッと布団を被って、隠れてしまうアイネ。少しは元気になってくれた……ような気はする。

結局、首輪の話はできなかったけれど、少しずつしていければいいか。

そう考えて、僕は布団にくるまった彼女を、少しの間見守った。

＊＊＊

アイネ・クロシンテには、もはや希望など残されていなかった。彼女の選んだ道は結果として間違いであり、事実彼女は奴隷という立場まで身を堕とすことになったのだから。

たとえ奴隷になったとしても、アイネは毅然《きぜん》とした態度を取るつもりであった――だが、現実的にアイネの心は折れかけていた。いや、折れていたと言ってもいい。

無理やり嵌《は》められた『性属の首輪』の効果で、発情させられるような身体にされて、奴隷として生きていく他になかったのだから。

それならばいっそ、死んだ方がましかもしれない。

そんな風に考えていた時に、連れてこられたのは王都——もしかしたらリュノアに会えるかもしれないという気持ちと、今の姿は絶対に見られたくはないという、相反する気持ちがあった。

彼に出会うくらいならば、このまま奴隷として見知らぬ誰かに売られてしまった方がいい、と。そう思っていたのに……リュノアはそこにいた。

お互いに数年ぶりだというのに、すぐに分かった。隠れたくても隠れられず……どうしようもない気持ちしかなかったが、次の瞬間にはリュノアが奴隷商の首元に剣をあてがっているのが見えた。……それだけで、彼が知らない間にさらなる成長を遂げていたことが、アイネには伝わる。——だからこそ、自分が情けなくなった。

リュノアが今の彼女を見たらきっと助けてくれるだろうし、仮にその力がなかったとしても尽力してくれるだろうと、思ってしまった。

そんな自分が嫌で、アイネはどこかリュノアと距離を取ろうとしていたのだ。それなのに、

「僕は今、Sランクの冒険者だけれど、それはあくまで冒険者ギルドの指標でしかない。

でも、それで君のことを安心させられるのなら、僕は誇張してでも言うよ。この僕が君を守る」

――布団にくるまりながら、先ほどの言葉を思い出してしまう。

いつからリュノアは……こんなにかっこいいことが言える男になったのだろう、と。

もはや奴隷に堕ちてしまった自分のことなど放っておいてもいいはずなのに。

けれど、アイネはリュノアの言葉を思い出してはバレないように布団の中でも悶えていた。

（うぅ、わ、私なんかに、そんな言葉……！）

こうなってしまうのも無理はない。

何故《なぜ》ならアイネは、リュノアのことが好きだからだ。

ずっと一緒に剣の修行をしてきたあの日々の中で、いつからかそう思うようになっていたのだ。リュノアとの『行為』を思い出しながら、自慰に及んでしまったことにさらなる恥ずかしさを覚えながら、アイネは一人悶絶する。

（も、もうほとんど『告白』みたいなものじゃない……。私、今は奴隷なのに……！　う、浮かれたり、なんか……！）

そんな、アイネとリュノアの微妙な考えのすれ違いには、きっとお互いに気付いてはいないだろう。

アイネはしばらくの間、リュノアの方に顔を向けることができず、ただただ時間が過ぎていくのを待つしかなかったのだった。

＊＊＊

僕とアイネはそれから、たわいのない話をしていた。

冒険者になるまでの経緯や、彼女が騎士になるまでの経緯――『性属の首輪』の話については、あまり触れないようにしながら。

もちろん、聞くつもりはあるけれど、タイミングを見計らうのは大事なことだろう。

そうして二人で過ごしていると、ふとアイネが気付いたように言う。

「……そう言えば、ベッド一つしかないけれど」

今、まさに彼女がずっと使っているわけだが、二人で寝るには少し狭いくらいだった。

こういうことになるならベッドが二つある部屋にでもすればよかったのだが、さすがに予想できるはずもない。

他の部屋は満室だったし、宿を変えるならもう少し早いタイミングにすべきだっただろう——だが、別に大きな問題はない。

「ベッドはアイネが使えばいいよ」

「あんたはどうするのよ……？」

「僕は別に、椅子で構わないからさ」

「そんなの悪いわ。疲れだって取れないでしょ？」

「あはは、そんなことないよ。冒険者生活にも結構慣れてさ……椅子に座ったままでも結構休める。立って寝るくらいならできるよ」

「立って寝るって……あんた、本当にいつの間にかたくましくなったのね」

アイネが感心するようで、それでいて呆れたような表情を浮かべる。

冒険者になってからの三年間——長いようで短かったこの期間は、僕を強くしてくれた。

森で寝ることだって結構多かったし、魔物の住処《すみか》で一夜を明かすことだってあった。

そういう生活に慣れてきたからなのか、ベッドの方がもちろん身体は休まるけれど、絶対そうでなければならないということはない。

むしろ、アイネの方がベッドで寝る機会がしばらくなかっただろう。そう考えると、今日のところは彼女にゆっくりと休んでもらいたかった。だが、

「でも、やっぱりダメよ。私だって、その……ベッドじゃなくても寝られるし」

「張り合うところじゃないって。素直に寝てていいよ」

「っ、張り合ってるわけじゃないわ。だって、やっぱり申し訳ないし……」

どうにもアイネは僕に気が引けてしまうらしい。気にしなくていいと言ったところで、彼女は気にしてしまうだろう。……とはいえ、アイネを椅子や床に寝させるつもりなど僕にはない。本当に、椅子で寝る分には問題ないからだ。どう説得したものかと考えていると、

「……そ、それなら、えっと……仕方ないし、嫌じゃないなら、だけど……」

「ん、何か案があるの？」

「い、一緒に寝る？」

ふと、アイネがそんな風に切り出した。悩みに悩んだ末の結論だったのだろう――アイネの表情を見てもそれは分かる。

さすがに僕と二人で寝るにはベッドも狭いし、彼女の様子からもそんなにいい気分ではないのだろう。

「いや、そんなに無理をする必要は――」

「む、無理なんかしてないわよっ！」

「僕なんかに気を遣わなくても大丈夫だからさ」

「っ、気を遣ってるのはあんたの方でしょ！　私だって大丈夫だって言ってるのに」

「それは……」

思わず言葉に詰まってしまう。

確かに、僕もアイネに気を遣っている――それは彼女も同じことだ。

アイネがハッとした表情で視線を逸らすと、俯き加減で呟くように言う。

「ご、ごめんなさい。言い過ぎたわ……そういうこと、言える立場でもなかったわね」

また、アイネが自分を　卑下してしまう――彼女との距離を縮めるには、まずは僕の方から考えを改める必要があるみたいだ。

「……分かった。一緒に寝よう」

「……へ？　え、本当に？」

「君が言ったんじゃないか。それともやっぱり僕は椅子で――」

「そ、そうじゃなくてっ！　……さ、最初からそれでよかったのよ」

ふいっと視線を逸らして、アイネが唇を尖らせる。こういう拗ねた仕草を見せる彼女を見るのは久々だった――こういうところを見ると、安心する。

アイネと一緒に寝たのは、本当に子供の頃以来かもしれない。アイネの方が一つ年上のはずだけれど、身長は僕の方が上になった。

昔は彼女の方が大きかったけれど……そう考えると、色々と懐かしい。

それから時間が経って夜も更ける頃、装備を外してシャツとズボン姿になり、僕はベッドに腰かける。

アイネがベッドの端の方に移動して、スペースを作ってくれた。

僕はそのまま、テーブル側を向くように横になる。さすがに、仰向けだとお互いに身体が当たってしまう。

やはり、二人で寝るにはかなり狭い――逆に疲れそうな気がする。けれど、アイネとの折衷案がこれだから今更覆すわけにもいかない……そう思っていると、ギシッと彼女が寝返りを打つ音が聞こえた。

ふわりと、僕の身体を包むように毛布が掛けられる。アイネの手も、優しく添えられていた。

「……アイネ?」

「こうしたら、もっとこっちに寄れるでしょ」

「そんな無理に――」

「してない。言ったでしょ、あんたなら、大丈夫だから」

アイネがそう言って、僕に身体を寄せてくれる。

彼女の顔は見られないけれど、今の感じは嫌がっているわけではないようだった。

確かに、気を遣いすぎていたのは僕の方かもしれない。奴隷になってしまった彼女にとって、嫌なことを思い出させないようにしたいという気持ちの方が大きかった。

だから、まだ彼女には聞くべきことが聞けていない。だから、明日になったらまずはそれを聞こう。そう決めて、僕は目を瞑《つむ》る。

「リュノア」

「ん、どうかした？」

「……ううん、何でもない。おやすみ」

「うん、おやすみ」

こうして、幼馴染と久しぶりに再会した一日目は終わりを告げる。アイネの温もりを傍に感じていると、不思議と時間もかからずに眠ることができたのだった。


翌朝――宿から提供された朝食を終えて、僕はアイネと話をすることにした。起きがけには昨日とは違ってぎこちない雰囲気だったけれど、今は普通だ。

僕は改めて、彼女の首に着けられている『性属の首輪』についに尋ねる。

「その首輪のこと、なんだけど……」

「……うん」

　アイネの反応は少し暗かったが、幸いにも話をしたくない、という様子ではなかった。

僕はそのまま話を続ける。

「誰に着けられた物なんだ？」

「誰って……それを聞いてどうするのよ？」

「着けた人の入手ルートを辿れば作った人も分かるかもしれないからさ」

「……そんなの、最近作られたかなんて分からないじゃない」

「それはそうかもしれないけれど……」

　奴隷商のところでは結局手掛かりは得られなかった——こうなってくると、自ずとアイネからの情報が一番頼りになるところだ。

　アイネは少し悩みながらも、

「着けたのは帝国の人間よ。牢獄に捕まってる時に、ね」

「やっぱりそっちか……」

「でも、帝国に行くなんて言わないでよ……？」

　僕の言葉を先読みしたかのように、アイネが言う。

　彼女が行きたがるとは当然思っていない——僕一人でも向かうことはできるが、そうなると彼女の『発情』が問題となってしまう。

この首輪の効果で強制的に起こるそれは、今の主である僕が治めなければならないからだ。

半ば呪いにも近いそれは、おそらく性奴隷としては向いているのかもしれないけれど……。

「もちろん、無理に行くなんて言わないよ。でも、君もその状態のままだと嫌だろ？」

「それは……嫌、だけど。あんた、なら……」

消え入りそうな声で、アイネが言う。どんどん声が小さくなって、上手く聞き取れないくらいだ。

「ん、僕と……？」

「――っ、な、何でもない！　とにかく、そんなに急がなくても大丈夫ってこと！」

「いや、でも――」

「大丈夫だからっ！」

アイネには強く押しきられ、僕も一先ずは納得するように頷く。もちろん納得したわけではないけれど、今は彼女の意見を優先しよう。けれど……いつまでも彼女に負担をかけさせるわけにもいかない。冒険者ギルド経由でも、何か解決策を探してみよう。

「それより、あんたも仕事があるんじゃないの……？」

「ん？　ああ、今日は話を聞きにいくつもりだよ。それと、アイネの服も買わないとね。本当なら、昨日買えればよかったんだけれど……」

「私の……？」

「その服は少し薄すぎる。それに、今後生活していくなら必要だよ。僕の家には男物しかないし。ただ……女物には詳しくないから、アイネに服を選んでもらいたいんだけど、『待った』方がいいかな？」

　僕の問いかけに、最初は理解できていないような表情を浮かべるアイネ。だが、やがて理解したのか、どんどん顔が赤くなっていく。

「い、いつ起こるか、私にも分からないし……待つのは、現実的じゃないかも」

「そうだよね。コントロールとかできるといいかもしれないけれど」

「コ、コントロール……!?」

「へ、変な意味じゃないよ。でも、そうか……じゃあ、つらいかもしれないけれど、待っていてもらう方がいいかな。できるだけ早く戻ってくるし、それに首輪を着けたままだと君も嫌だろ？」

　見た目からしても、奴隷であることが分かってしまう。

Sランクの冒険者である僕もある程度顔は知られているわけで、そんな僕が奴隷を連れていたら目立ってしまうかもしれない。

僕は気にしないけれど、アイネは気にすることだろう。けれど、アイネは首を横に振って言う。

「別に、奴隷かどうかなんて気にしないわ。現に私は奴隷だもの」

「奴隷かどうかなんて関係ないよ。けど、大丈夫なのか？」

「待ってる方が、その……いざそうなった時につらいかもしれないわ。あんたが奴隷を連れていて嫌なら、置いていってほしいけど」

「僕がアイネと一緒にいて嫌なわけがないだろ」

「……っ、そ、そう。それなら、一緒に行きたい」

何故かアイネが恥ずかしそうに俯く。

「じゃあ、まずは君の服を買いに行こう。それから、冒険者ギルドに向かう。つらかったらすぐに言ってほしい」

「ん、分かった」

今日のやることは決まった――アイネの服選びと、冒険者ギルドでの仕事の話だ。

支度を済ませると、僕とアイネは早々に宿を後にした。

第二章

　僕はアイネと共に服屋に向かった。どれでも構わないと言ったのだけれど、アイネが選んだのは動きやすさを重視した軽装だった。そこで下着も合わせて買ったわけだけれど、アイネが何やら落ち着きのない様子を見せる。

「どうかした？　まさか――」

「ち、違うわよ。スカートって、ちょっと慣れなくて」

「なんだ、そういうの結構慣れてるのかと思ったよ」

「……ズボンというか、パンツスタイルの方が動きやすいのよ」

「なら、そっちの方でもよかったのに」

「……『あれ』があるから」

　アイネが呟くように言う。

　今はまだきていないが、結局『発情』が懸念になるらしい。

　早い話、肌に密着していると濡れてしまう可能性があるということだろう。

何とも難儀な問題だ……そのことについては深く触れず、僕とアイネはその足で冒険者ギルドの方へと向かう。

向かう途中、アイネが周囲の視線を気にするような仕草を見せた。

「やっぱり、首輪は隠した方がいいかな？」

「……隠したら隠したで、バレた時にあんたが大きく誤解されるかもしれないじゃない。奴隷であることを隠して連れ歩いてるなんて、やましいことがあるとしか思われないわよ」

「僕は気にしないけどね」

「気にしなさいよ！　私は……少ししたら、慣れるから大丈夫」

アイネはそのまま、僕の後ろに隠れるようにしながら歩く。

以前の彼女なら率先して前を歩くようなタイプであったが……今の状況であれば仕方ないだろう。

僕も親しい人間がいるわけでもないし、町中を歩いていて軽く挨拶をされれば返すくらいだ。……たまにフレンドリーに話しかけてくる人や、何故か突っかかってくるような人もいるけれど。

幸いにも、そういう人に出くわすこともなく冒険者ギルドへと辿り着いた。

三階建ての建物で、大きさだけで言えば結構な収容人数になる。

酒場を中で経営していて、そこでパーティの仲間を募集することができるのだ。僕は基本的に一人だから、利用したことはあまりないけれど。

ギルドに入ってすぐに、僕は受付の女性の方へと向かう。

僕に気付いた様子で、その女性が笑顔で頭を下げる。

「お待ちしておりました」

「悪いね、昨日は」

「いえ、急用とのことでしたから。仕事の依頼のお話についてですが、ギルド長から直接説明をするとのことでして……もうしばらくすれば戻ってくるかと思うのですが」

「直接、ね。そんな大層な話なのかな？」

「まあ、あなたに依頼をするくらいですから――それで、そちらの方は？」

受付の女性がちらりと、僕の後ろにいるアイネに視線を向ける。

アイネが迷いながらも、女性の前に出た。

やはり、視線は首輪の方に向く。

「昨日のお金はね、この子を買うために引き出したんだ」

「ああ、そうなのですね。ここに連れてきたということは、彼女も戦いに？」

「まあ、そんなところ」

少しはぐらかすようにして答える。堂々としていれば、アイネはあくまで僕の仕事の手伝いのために買った奴隷としか思われない。アイネもまた、この方向で認識してもらうようにするつもりだったようだ。

受付の女性は笑顔でアイネに言う。

「リュノアさんが奴隷を買うなんて思わなかったですけど、とても可愛らしい方ですね」

「あ、ありがとう、ございます」

言われ慣れていないのか、アイネがそう褒められて恥ずかしそうに俯く。

くすりと、受付の女性はそんなアイネを見て笑った。

「リュノアさんに買われるなんて、とても幸運だと思いますよ。何せ、彼は若くしてSランクの冒険者なんですから」

「褒めても何も出ないよ」

「――あぁ、そうだなぁ。お前みたいな奴がSランクなんてのは驚きだぜ」

不意に、後ろの方からそんな声が聞こえてくる。

振り返ると、そこにいたのは筋肉質な巨漢の男――『Aランク』冒険者のディル・ソルティネスだった。何かと僕に絡んでくるタイプの冒険者の一人だ。

「何かご用ですか？」

「別に用はねえさ。ただ、お前みたいな奴が俺より先にSランクになるなんてよぉ、未だに信じられねえよなぁ」

「ディルさん、ギルド内での喧嘩《けんか》は――」

「ただの世間話だろうが。黙ってな」

受付の女性にも睨みを利かせ、黙らせる。……こういう手合いはたまにいる。

僕が冒険者を始めた頃、彼はBランクの冒険者であった。確かに実力はあるのだが、性格に難がある――結果的にAランクの冒険者となってはいるが、元々そこが足を引っ張っていた。

「それで、Sランクになったから奴隷の女を買う余裕ができたのか？　うらやましいねぇ」

「そういうわけでもないですが」

「……」

ちらりとアイネの方に視線を向けると、露骨に不機嫌そうな表情だった。こういう手合いは彼女も苦手――というか、嫌いなのだろう。以前の彼女であれば、喧嘩を売られていると分かった時点で食ってかかりそうなものだが、視線を逸らして耐えている。……早めにここを離れた方がよさそうだ。

その前に、ディルがアイネのことを見下ろすようにして、

「なんだ、てめえ。奴隷のくせに、なに俺を睨んでやがる……？」

「別に、何でもないわ」

「その態度はなんだって言ってんだ。主人がこんな奴だから、奴隷もむかつく態度を取りやがる」

「……っ、リュノアは関係ないでしょ！」

「アイネ、いいから」

「でも……！」

「はっ！　リュノア、か。奴隷にそんな風に話させてるようじゃ、つけ上がるのも無理はねえな。そうだ……俺が代わりにしつけてやろうか。よく見りゃ顔は可愛い――」

「触るな」

ディルが不意に、アイネの方に手を伸ばした。僕はその腕を掴んで、制止する。

ミシリと骨の音がなるくらいには、強く掴んでしまう。……僕は何を言われようと構わないが、アイネに何かしようとするのであれば容赦はできない。

「……ちっ、冗談も通じねえ奴だぜ」

ディルが僕の腕を振り払い、その場から去っていく。彼の仲間も、遠巻きにその様子を

窺《うかが》っていた。

ディルの姿が見えなくなると、アイネが脱力するようにその場にへたり込む。

「アイネっ！」

「だ、大丈夫ですか!?」

「へ、平気……だけど、その、リュノア」

ちらりとアイネが僕に目で合図を送る。

すぐ傍《そば》で心配そうに見ている受付の女性には、バレないようにしているのだ。――このタイミングで、彼女の『発情』が始まった。もう少し早かったら、タイミング的には最悪だったかもしれないが、今のタイミングならむしろ丁度いいくらいだ。

「すまないが、小部屋を一つ借りてもいいかな。彼女を休ませたい」

「は、はい。こちらです！」

受付の女性に案内され、僕はアイネを抱えるようにして移動する。吐息の荒い彼女のことを静めるには、今から『行為』が必要になるのだ。

ギルドにある応接室の一部屋を借りて、僕はアイネを休ませることにした。もちろん、休ませるというのは建前であって、彼女の『発情』を治める必要があるのだが。

しばらく誰も部屋には来ないようにとお願いをして、僕はソファーにアイネを寝かせる。

すでに呼吸は荒く、つらそうな表情の彼女は、それでも弱々しい手で僕の服の裾を握り、

「さっきみたいな、奴……に、何で言われたまま、言い返さない、のよっ」

「ディルのことか。別に、言い返す必要もないだろ」

「あ、あんな風に、バカにされて……んっ」

「アイネ、その話は今いいから。まずは落ち着かせるよ」

僕は確認するようにしながら、アイネの下着に手をかける。すでに糸を引くくらいには、彼女の秘部から愛液が流れている。

アイネが怒ったような、それでいて恥ずかしさを隠すような表情で、僕に言う。

「あんたが……バカにされるのは、嫌なのっ」

「アイネだって昔は結構小馬鹿にしてたよ？」

「そ、それは、違……んあっ」

「うん、分かってる。僕は別に、怒る必要があれば怒るよ」

「……さっき、みたいに？」

さっきみたい――そう言われて、僕はこくりと頷く。

ディルがアイネに触れようとした時、僕は彼の腕を本気で握ってそれを制止した。

「僕は何を言われようと構わないけれど、アイネに手を出すなら許さないよ。それくらい

の気持ちはあるさ」

「……っ」

僕の言葉を聞いて、複雑そうな表情を浮かべたまま、アイネが視線を逸らす。

これ以上言ってこないところを見ると、納得はしていないかもしれないが――とりあえず話は終わりということだろう。

僕はそっと、アイネの女性器に触れる。まずは撫でるように触ると、アイネの身体《からだ》が小さく跳ねた。

「ん、やっ」

「……少し声が大きいかもしれないね」

「そ、そんなこと、言われても、んあっ！」

アイネが必死に声を押し殺そうとしているのは分かる。涙目になりながらも、身体に力を込めているのが伝わってくるからだ。

そんな彼女の努力も、僕が優しく触れただけで無に帰してしまう。

指を入れる前から、愛液で溢れる彼女の膣口が視界に入る。

できる限りアイネに負担をかけないようにしたいところだけれど、僕にそんな技術があるわけもない。それこそ剣術でどうにかできるのならいいのだけれど。

僕は懐からハンカチを一枚取り出して、アイネの口元に当てる。

「これ、噛んでいいから、少しの間我慢してほしい」

「ん、むっ」

僕の言葉に従うようにして、アイネがハンカチを強く噛む。

彼女はさらに腕を組むようにして、ただ刺激に耐えるための姿勢を取った。

それを確認すると、僕はアイネの膣内にゆっくりと、指を入れる。

すでに濡れている彼女の膣は、ぬるぬると滑るようだった。指が少しずつ入っていく刺激で、アイネの身体が小刻みに震える。

膣内を優しく撫で上げると、押し殺していてもアイネの声が耳に届く。

「んっ、ふっ、んんんっ！　んぐっ」

何とかまだ、声は外にまで届くほどの大きさではない。

中指と人差し指を出し入れするようにしながら、できる限り優しい刺激になるように続ける。

ただ、これが正解なのかは僕にも分からない――アイネを傷付けないように刺激を強めるつもりはないけれど、優しい刺激を続けるだけでも彼女からしたら負担なのかもしれない。

まだこの行為も二回目だ……僕も確認しながらやっているところはある。

アイネを気持ちよくさせようとすると、彼女の声が大きくなるのが分かる。僕が彼女をイカせないといけないのも分かっているのだけれど、そうするとハンカチを噛んでいても声はどんどん大きくなっていった。

「ふっ、ふぅ……んっ、あっ、ふっ、うっ……」

……今の彼女に、声を出すなというのは酷な話だろう。

僕がこういうことをしている姿を見られる分には、別に構わない。けれど、彼女はきっと今の姿を見られることを望まない。首輪の力で無理やり発情させられた姿など、見られたいと思うはずもない。

しばらくアイネの様子を見ながら、指でアイネの秘部を撫でていると、やがて吸い付くような感覚が強くなってくる。膣内が引き締まって、徐々にアイネがイキそうになっているというのが僕にも伝わってきた。

けれど、そのタイミングでアイネが弱々しい力で僕の手を握る。噛んでいたハンカチも放して、

「ちょ、ちょっと待っひぇ、きゅうけ、いったん、むりぃ……っ」

「アイネ、もう少しだから」

「んっ、ひゅ、弱い刺激が、つらい、のぉ……！」

もう少しというところで、アイネがそんな弱音を吐く。

できるだけ優しくと思っていたが、彼女にとっては余計に負担になってしまっていたようだ。震える手で、何とか秘部を守ると手を伸ばしてくる。……けれど、ここで止めて休憩してもアイネが休まることはない。発情した状態が続くままになってしまうのだ。

「――ごめん、アイネ」

「……な、にを、あっ！」

アイネの両手首を掴んで、無理やり頭の上の方で押さえつける。

片腕だけでも、今の彼女を押さえ込むのは難しくはない。嫌がる彼女に無理やりしているような形になってしまうが、今はアイネを楽にさせることだけを考えよう。

「や、だぁ……も、限界っ」

「もう少しだから」

「ん、ひあっ、んあああっ！」

アイネの両手を押さえながら、僕は膣内を動かす指を速くする。時折クリトリスにも指を伸ばし、アイネがすぐにイケるよう触れていく。

せつなげな表情で僕を見てくるアイネの姿は、僕に背徳感を覚えさせた。

彼女のため——そう自分に言い聞かせて、僕は嫌がることを無理やりしている。

声の大きさも抑えが利かなくなったアイネは、震える声で喘ぐ。

「や、ぁっ、リュノア、おね、がい……っ！　んいぃ、やめ、てよぉ……！」

「アイネ、もう少しだけ我慢してくれ」

「むりぃっ！　もうむりだからぁ！」

声を押し殺そうとしていた反動なのか、駄々をこねる子供のように嫌がるアイネ。——このままだと、声が外にまで聞こえてしまう。

僕はもう一度、心の中でアイネに謝りながら——そっとアイネの口元に唇を重ねた。

一瞬、アイネも何が起こったのか理解できていなかったのだろう。目を見開いて、驚いた表情を見せる。

声が漏れないように、唇を重ね合わせて、僕は膣内を弄《いじ》る指の動きを速くする。舌も絡まるようになると、やがてアイネの身体が大きく震えて、

「んっ、むっ、んんっ、イ、んくっ！」

腰が浮かぶようになり、脱力した。動かなくなったアイネからゆっくりと離れる。口元からお互いに糸を引くように唾液が伸びて、指を離すと愛液もまた糸を引くように伸びた。

潤んだ瞳で、アイネが小さく呟く。

「リユ、ノアの、ばかぁ……」

「うん……ごめん」

僕はそんなアイネに、ただ謝る。

それでも何とか、彼女の発情を治めることには成功した。——この時間には、たぶん慣れることはない気がする。

アイネの『発情』を治めてから、僕はただ時間が過ぎるのを待つ。アイネも無言のまま、ソファーに腰をかけて窓の外を見つめていた。

不可抗力とはいえ、僕は無理やり彼女の唇を奪った……それは、到底許されるようなことではないだろう。

……とはいえ、まずは彼女が落ち着くのを待とう——そう思っていると、

「……別に、怒ってるわけじゃないから」

不意に、アイネがそう切り出した。

「仕方なく、だし。助けてもらってるのは私の方、だし。だから、別に気にしてない」

明らかに気にしている言い方ではあったが、お互いにこうしていても仕方ない。

アイネがそう言ってくれるのならと、僕もその言葉に答える。

「……うん、ごめん」

「だから、気にしてないって」

「分かったよ」

最後に一度だけ謝ろうと思っただけだ。アイネがちらりと僕の方に視線を向けると、

「でも、あ、ああいうことは、もっと……その、シチュエーション、とか……」

「シチュエーション……？」

「ああもうっ、何でもない！　とにかく、この話は終わりっ！　助けてくれて、ありがと」

アイネが調子を取り戻したように言う。

僕もそれに頷いて答える。これがまた明日もあるかもしれない――そう思うと、やはり一日も早く彼女の首輪の問題は解決してあげたいところだが。

「……一先《ひとま》ず、アイネはここで休んでいてくれ。そろそろギルド長も戻っているかもしれない。ここには誰も入らないように、と言ってあるから」

「それなら私も……あっ」

アイネが立ち上がろうとして、バランスを崩す。まだ調子が戻るまでには少し時間がかかるだろう。

僕は彼女の身体を支えて、ゆっくりとソファーに座らせる。

「無理はしなくて大丈夫だよ。すぐに戻ってくるから」

「……うん」

アイネも納得したように頷いてくれた。

僕は彼女を置いて部屋を出る。

受付の方に戻ろうとすると、その前に女性から声をかけられた。

「よっ、彼女連れだって聞いて少し驚いたよ」

振り返ると、そこにいたのは大人びた雰囲気の黒髪の女性。三つ編みに髪を結んで、黒縁の眼鏡をかけている。一見すると大人しそうな雰囲気を感じさせるが、服装はそれに反して露出が多いものだ。

――ルナン・キリディール。現在はこの冒険者ギルドのギルド長を務めている、元Aランクの冒険者だ。実力だけで言えば冒険者の中でも上位に位置するが、怪我《けが》が原因で若いうちに引退し、今の立場にある。

にやにやと笑みを浮かべるあたり、僕が女の子の奴隷を買った――その事実をからかいたいのだろう。

「ギルド長、呼び出しておいて遅刻ですか？」

「生意気な言い方は相変わらずだなぁ」

「あなたの雰囲気が僕を小馬鹿にする感じでしたので」

「お、分かるぅ――って、別に馬鹿にしようってわけじゃないよ。ただ、君も奴隷とか買ったりするんだなって思っただけさ」

ルナンは純粋な疑問から、そう言っているのだろう。彼女とはよく話をする機会があるから分かる。ギルド長を務めるだけあって、性格はともかく信頼のできる相手ではあると、僕は思っている。

「……まあ、仕事の手伝いをしてもらおうかと」

「ふぅん。ま、君が奴隷を買ったからどう……なんて話をするつもりはないさ。女の子にも興味があったんだなって感心したくらいで」

「その言い方だと　語弊があると思いますが……」

「あはは っ、そうかもね。さ、立ち話もなんだ。続きはあたしの部屋でしようじゃないか」

ルナンの言葉に応じ、僕は彼女の後ろに続く。

ギルド長の部屋は建物の三階の奥にある。

部屋に入ると、相変わらずどこかの修練場を彷彿《ほうふつ》とさせるような、豊富な武器が飾られていた。

僕とルナンが向かい合うように席に着くと、彼女は早々にテーブルの上に紙を並べた。

魔物についての情報などが書かれたものばかりだ。

「好きなのを受けていいぞ。何だったら全部持っていっていいからさ！」

「全部って、過労死させる気ですか」

「あはは、急ぎの案件じゃなけりゃ、気長にやってくれていいよ。大体、お国からの依頼だからさ」

ルナンが持ってくる依頼は――王国からの直接の依頼であるものが多い。彼らもまた、『騎士団』という戦力を保持しているはずなのだが……それでも解決しきれないものや、対応できないものを冒険者ギルドへ依頼する。

「これだけ仕事があると国の未来も不安になりますね」

「あたしらに仕事があるのはいいことさ。逆に言えば、いい人材は少ないってことだろうね。ま、Sランクにもなるとまともな奴が少ないから、君みたいに比較的まともだと助かるよ」

「比較的ではなく十分まともだと思いますが」

僕は渡された依頼書を手に取って、パラパラとめくっていく。

「おい、最初の依頼は五年振りにこの大陸にやってきた『放浪竜』グランヴァリスだよ。

もっとしっかり見ときなって」

「何人で受ける依頼なんですか……」

「まあ大規模になるのは間違いないだろうね。君一人でやるなら止めはしないけどさ！」

もちろん、受けるなどとは一言も言っていない。

適当に渡したようで、重要度の高い依頼が上の方にまとめられている——下の方になると、調査依頼などが増えてくるのだ。

緊急度は高くないが、極秘となる依頼も含まれてくる。その中の一枚が、僕の目に留まる。

「……帝国？」

「ああ、国境を勝手に越えてきた『魔導師』の二人組らしいんだけどね。どういうつもりで来たのか分からないものらしいよ。『騎士団』でもまだ対処できてないから、こっちに依頼が来たみたいだね。ま、緊急度はそこまで高くはない」

ルナンはそう言うが、僕にとってはタイムリーな依頼でもあった。

『ラベイラ帝国』の人間が——秘密裏にこちら側に来ているというのだ。そんなことをするのは大方、国の仕事に関わるようなことだろう。

僕はその依頼も含めて、いくつか仕事として請け負うことにした。

＊＊＊

アイネは一人、部屋に残ってリュノアが戻るのを待っていた。一日に一度は必ずやってくる『発情』――これればかりは、彼女の意思ではどうしようもない。

奴隷に堕とされたばかりの頃は、従順になるまでずっと放置をするなど……散々な日にばかり遭わされた。

首輪の効果があるから、アイネには心休まる日など一日たりともなかったのだ。

だが、今はリュノアがいる。彼がどこまでも、アイネに気を遣っていることは、彼女にはよく分かっていた。

触れる指の力も優しいし、あくまでもアイネが嫌がることはしようとしない――昨日は、そうだった。……今日は、少し違ったが。

「……っ」

先ほどのことを思い出して、アイネは身震いする。

我慢できると思っていたのに、リュノアに触られると全然違う。ゆっくりと、優しい彼の指が、どこまでもアイネにとって気持ちのよいもので、同時につらくも感じられた。

決して嫌な気持ちというわけではない――ただ、今日は我慢ができなかった。

だから抵抗したのに、リュノアがそれを無理やり押さえ込んで、行為を続けた。

（……わ、私、興奮してる、の……？）

すでに発情は治まったはずなのに、自らの秘部が濡れている感覚がしてくる――思い出すと、身体が火照《ほて》る感じがした。

加えて、無理やり弄られている時にキスまで……顔が熱くなって、誰もいないのに思わず覆い隠してしまう。

リュノアが、そんなに積極的なことをするとは思ってもいなかったからだ。

（声、我慢できなかったのは私のせい、だけど……キ、キスすることになるなんて……。で、でも……）

――先ほどの行為が、一番気持ちよく感じられたなんて。

（ううん、そんなの……私が変態みたいじゃない。リュノアは、声が出ないようにってやってくれたんだし……）

彼はどこまでもアイネに対しては真面目なところが感じられた。キスのことも謝ってくれたし、気にしてないと言っても、リュノアがどこか納得していないところがあるのも分かっている。もちろん、気にしていないというのは嘘になる。

アイネが気にしているのは、リュノアがキスをしたことが、彼自身嫌々ではなかったか、ということだ。

確かめたいけれど、アイネの口からそんなことを確認できるわけもない。

(こういうところじゃなくて、普段もしてくれるんだったら……嫌じゃない、のかも)

アイネはそんな風に考える。自分の声が大きくなってしまったから、リュノアがなし崩しにキスをすることになった。これがたとえば、彼の家であったり、声を出してもいい状況であったりして拒まれないのなら……。

(……こんなこと、考えていい立場にはないはずなのに……いいのかな)

膝を抱えて、アイネはただ自問自答を繰り返す。

リュノアがいない間はずっとそうだ――アイネはリュノアのことが好き。けれど、奴隷になった自分には、リュノアを好きになる資格はないと思っている。

それなのに――首輪の効果とはいえ、リュノアに触れられて行為を続けていると、嫌になるどころかどんどんその気持ちが強くなっていく。

(リュノア……早く戻って来ないかな)

アイネは一人、リュノアが戻ってくるまで悩むのだった。

＊＊＊

僕はいくつかの依頼書を持ち帰って、アイネの待つ応接室へと戻った。部屋に入ると、アイネがちらりと僕の方に視線を向けて言う。

「おかえり。少し遅かったわね」

「そうかな？　そんなに時間はかからなかったと思うけれど……」

「私は結構待った気がする」

「じゃあ、待たせてごめん。今日はもう宿に戻ろうか」

「ん」

アイネがこくりと頷いて、立ち上がる。身体の方は落ち着いたようで、ふらつく様子もない。

今日の目的はこれで達成した——一応、仕事をいくつか引き受けるつもりではいたけれど、アイネのこともあってそれほど数は受けていない。

しばらくは王都に滞在して、いくつか仕事をこなす必要はある。大体は、『魔物』の討伐に関する依頼だった。Sランクでなければ受けられない仕事ばかりというわけではないが、その辺りは冒険者ギルド側が融通を利かせている。

手早く仕事をこなす必要があるもので、緊急性の高い依頼ならば僕にも出されることが多かった。

実際、王都と別の町を繋ぐ街道付近に現れる魔物で、Aランク相当の実力が必要な相手の場合は、僕に依頼されることがある。

Aランク相当と言っても、数人規模の人員が必要になる強さの魔物もいるし、中には『数が多い』という強さを持つ魔物もいる。

それらも含めて対応できる冒険者が、Sランクと認定されるのだ。

僕の場合は複数の魔物と戦うよりも、一対一の方が向いているタイプではあるけれど。

受け取った依頼書を脇に抱えて冒険者ギルドを出ると、アイネが興味ありげにちらりと覗いてくる。

「どんな依頼を受けてきたの？」

「そんなに難しいものじゃないよ」

「ふぅん、見せてもらってもいい？」

「うん――あ、戻ってからでいいかな。極秘の依頼もあるからさ」

「あ……そういうことなら、構わないわ。でも、極秘なんて本当にSランクの冒険者みたい」

「あはは、Sランクの冒険者なんだけどね」

その場でアイネに依頼書を見せようとしてしまった。

僕の受けた依頼の中に――『帝国の魔導師』に関する調査依頼が存在しているのだ。相手は二名で、一人は黒のスーツに帽子を目深に被った男。

もう一人は巨漢の男で、ローブに身を包んでいるが、魔物と見間違う程に大きいという。

いずれも町で見かければまず目立つようなタイプの組み合わせだが、話によればこの王都にまでやってきているという。

僕がここにしばらく滞在しようと決めた一つの理由でもあった。

もちろん、その二人がアイネのことを知っているとは思わないし、そこから『性属の首輪』に関する情報も得られるとは思っていない。

ただ、帝国への足掛かりくらいにはなるかもしれない――この仕事を達成すれば、帝国に関する情報について調査をしてもらうという、付加価値的な報酬を要求することもできるのだ。

今後、同じような事態が起きることを予想して、帝国側のことを知りたい……そんな理由を付ければ、僕のような冒険者でもかなりの情報が手に入れられるようになる。

遠回りにはなるかもしれないが、こういうところから調査を始めていくつもりだ。

アイネがそのことを知れば、僕が『帝国側に行こうとしている』と勘違いしてしまうかもしれないし、余計な心配はかけたくない。

アイネにはまず今の生活に慣れてもらって、昔のような彼女に戻ってもらいたかった。

――剣と剣で、お互いを高めることができるような間柄に、だ。

そう考えていると、不意に刃物類を取り扱っている武具店が目に入る。

小さな店ではあるが品物はそれなりにある。冒険者を始めるくらいの者には丁度いいくらいの店だ。アイネも、興味ありげにその店を見ていた。

「あそこ、寄っていこうか」

「！　何か買う物でもあるの？」

「そういうわけではないけれど、まあ掘り出し物とかあるかもしれないからさ」

「……あんたが見たいって言うなら、いいけど」

アイネは表立って「見たい」とは言わないけれど、その表情はどこか嬉しそうだった。

彼女は騎士である以前に、一人の『剣士』だったのだ。剣や短刀など、自らも扱っていた武器に関しては、特に興味が湧くのだろう。

僕はアイネを連れて、店の中に入る。外から見ても分かったが、やはりそこまで珍しい装備はなさそうだ――けれど、どれも扱いやすそうなシンプルな作りになっている。

体格に合わせた直剣の種類の多さなどは、目を見張るものがあった。

僕も冒険者になった頃は、こういうところでよく武器を見ていた経験がある。

「へえ、結構色々あるのね。騎士は支給品ばかりだから、こういう店を見るのは久しぶりかも」

「そうなんだ。アイネは今も直剣？」

「そうね。やっぱりそれなりに重い方が振りやすいわ。女の子だと細剣を使う子が多かったけれど、硬い魔物なんかが相手だと折れやすいし。まあ、魔力で補強すればどうにでもなるんだけど、やっぱり直剣の方が威力も出るから」

「僕も君の意見に賛成かな。それじゃあ、君に合った剣を一本買おうか？」

「！　私の……？」

アイネが少し驚いたような表情で言う。

僕は頷いて、並んだ剣の方へと視線を移した。

「どれがいい？」

「ちょ、ちょっと待って。私の剣を買ってくれるって……その、いいの？」

「いいのって……何か問題がある？」

僕がそう問いかけると、アイネが言い淀む。

彼女の反応を見るに、今でも剣を振るうことは好きなはずだ。……騎士として生きることがトラウマになっていたとしても、彼女自身の根本は変わっていないはず。

だから、どこか物欲しそうに剣を見ていたのだろうから。

「問題っていうか、だって……剣、使ってもいい、の？」

「君がもう戦いたくないのなら、僕は君に剣を持たせるつもりはないよ。でも、まだ剣が振るいたいのなら、持っておいた方がいいと思ってね。何せ、仕事も一緒にするわけだし」

「リュノアの仕事……？　でも、私、その……あれが、あるから」

『あれ』という言葉だけで、アイネが何を言いたいのか分かる。

今日も冒険者ギルドで『発情』してしまったくらいだ――もしも一緒に仕事をすれば、そのせいで足を引っ張ってしまう可能性を危惧しているのだろう。

もちろん、僕もそれを考えればアイネを連れて仕事をするのは憚《はばか》られる。

けれど、彼女とは一緒にいないと待たせている間も負担になってしまうかもしれないし、何より一人にすることに不安があった。

一緒にいた方が、きっとアイネとの距離感も縮められると思う。危険があれば、僕が全力で彼女を守ればいいだけの話だ。

「それなら、僕が何とかするから大丈夫だよ」

「何とかって……外でするのは、ちょっと……」

「あ、そういうことか……」

「で、でも！　リュノアの仕事は、手伝いたい。今の私でも、できることがしたいから。だから、これ……買ってもいい？」

アイネが選んだのは、やや緑の混じった銀色の刀身の剣。

彼女の身体に合った使いやすそうな直剣だ――僕はアイネの選んだ剣を手に取ると、

「買ってくるよ。少し待っていてくれ」

「うんっ、ありがと」

僕は剣を持って、店主のところへと向かう。

やはりアイネは剣のことをよく見ている――この店の中でも、かなり良い物を選んだと、僕も感じていた。もう少し慣れてきたら、彼女をもっと良い店にも連れていってあげたい。今は、遠慮してしまう気持ちの方が大きいだろうから。

購入した剣を鞘に納めて、僕はアイネのところへと戻る。

そこで――アイネの前に立つ男達の姿が目に入った。

「おいおい、睨んできやがると思ったら、リュノアの奴隷じゃねえか。こんなところで何してやがる」

大男――ディルがアイネの前に立って、彼女を見下ろす。

アイネもまた、臆する様子もなくディルと向かい合っていた。

先ほど僕が彼に対して強く出なかったことが、やはり禍根として残っているのだろう。

アイネからも明確に対峙しようという気持ちが伝わってくる。ただ、それを抑え込むように拳を握り締めて、

「……別に、睨んでなんかない」

一言、アイネがそう答えた。

だが、ディルはその態度が気に入らないらしく、睨みを利かせたまま彼女に近づく。

「はっ、本当にムカつく小娘だぜ。顔はいいんだがなぁ……どうだ？　本当に俺がしつけてやろうか？」

「死んでも嫌よ」

「なんだと？　テメエ、奴隷のくせに調子に乗ってんじゃねえぞ！」

ディルが拳を振り上げた。

アイネもまた、その一撃に備えて構えを取る。その姿は、以前のアイネを彷彿とさせた。

けれど、その拳がアイネに振り下ろされることはない。

僕は腰に下げた剣を抜き去って一撃——ディルの太い腕の、骨にまで達するほどに深い傷を作り出す。鮮血が飛び散ってアイネに当たらないように、羽織っていたローブをディルの傷口に投げた。

痛みで傷口を押さえるディルだったが、その動きがピタリと止まる。

アイネもまた、驚きの表情で僕を見ていた——ディルの首筋に、剣をあてがう僕の姿を。

「が、ぐぅっ、てめえ……!?」

「リュノア……!?」

驚く二人。僕は膝をついたディルを見下ろすようにして言い放つ。

「二度目だ、ディル」

「な、にぃ……?」

「僕は君に、彼女には触れるなと言った。それなのに、君はそれをまた破ろうとしたね。……僕が下手《したて》に出ているからいけなかったのかもしれない。だから、これが最後の警告だ——彼女には触れるな、近づきもするな、僕の前にその姿を見せるな。次に見かけたら……その首を刎《は》ねるぞ」

ディルの顔色が変わる。今まで僕がここまで強気に出た姿を見せたことはない——そもそも、町中で剣を抜くことすらしなかったのだから。

ディルの取り巻き達はすっかり怯えた様子で僕を見ている。

冒険者同士のイザコザは問題になりやすいが……片方が徹底した姿勢を見せれば意外とすんなり片はつく。

先ほどアイネに咎《とが》められたことを挽回するような形になったのは、彼女に言われたからではない――とは正直、言い難い。

けれど、こういうところを表立って見せれば、少なくともアイネにちょっかいを出そうとする輩《やから》はいなくなるだろう。

今まで僕に対して横柄な態度を取っていたディルですら、やがて戦意を失った表情を見せると、

「わ、分かった……！　もう、お前の前には現れない。この町から、出ていく……！」

そう言って、そそくさと仲間を引き連れて僕達のところから逃げるように去っていく――その姿を見て、僕は小さく嘆息をした。

「アイネ、ああいう時はすぐに僕のところに来てほしい」

「……あ、あんたがまた言い返さないと思ったからよ」

「ディルが手を上げようとしなかったら、たぶん言い返さなかったかもね。でも、君に危害を加えようとした――次からは、最初からああするように気を付けるよ。ほら、君の剣

だ」

「……次からは、自分の身くらい自分で守るわ」

僕から剣を受け取って、アイネがそう言い放った。

確かに、彼女なら剣があれば身を守るくらいできるだろう――そう思いながら、もしもそういう場面に出くわすことになったら、次も彼女より早く剣を振るおう。そんな風に、心の中で誓うのだった。

＊＊＊

僕はアイネと共に一度、宿の方に戻った。改めて直面するのは部屋の問題――部屋のベッドが一つでは、さすがに狭すぎるだろう。

「じゃあ、僕はまた少し出かけてくるよ」

「えっ、今戻ったばかりなのに？」

「他の宿で部屋が空いてないか確認するのを忘れてたからさ。今ならまだ時間も早いし」

僕はそう言って部屋を出ようとすると、アイネが僕の服の裾を掴んできた。思わず足を止めて、振り返る。

「アイネ……？」

「別に、私はこのままでも構わないけど」

アイネがそんな風に切り出した。

ひょっとすると、宿を変えるにもまた僕に負担がかかると思っているのだろうか。

確かに、ここの宿は部屋代が安い。けれど、その程度の負担で困るような生活を、僕は送っているわけではない。

「部屋二つ借りるくらいなら大丈夫だよ」

「ふ、二つ……？」

「ん、その心配じゃなくて……？」

「へ、部屋は一つでいいわよ。その、急にきた時に困るから……」

「あー、確かにそうか……」

ひょっとしたら夜——寝ている時に起こるかもしれない。

それを考えると、確かに部屋は一つの方がいいのかもしれない。

「ベッドだって、寝るのにそんなにきつくなかったし。……あんたが無理だって言うなら、部屋は変えた方がいいと思うけど」

「僕は座っても寝られるって言っただろ。僕もアイネがそれで大丈夫なら構わないけれど」

「……私は、大丈夫」

お互いに平気かどうかの意思確認をして、そこに落ち着くことになる。気を遣わないように、というのはやはりまだ難しい。

こうなると、今日もアイネと密着して寝ることになるのか――僕は構わないのだけれど、アイネの負担にならないか心配だった。

彼女は彼女で、僕が椅子に座って寝るのも嫌がるし。あまり自分を卑下してほしくはないが……奴隷という立場に堕とされた彼女には難しいのかもしれない。

そんなことを考えていると、不意にアイネが買ったばかりの剣を手に取り、鞘から抜き去る。刀身を眺めるようにしながら、確かめるように柄《つか》を握って、

「ふふっ……なんか、剣を握るのなんて久しぶり」

微笑むようにして、そう言った。アイネのそんな姿を見ると安堵する――やはり、剣あってこその彼女だ。

「僕は久しぶりに、君と稽古でもできたらいいなって思うよ」

「……それは嬉しい話だけれど、相手になるかしら」

「君が剣術で謙遜するなんて」

以前のアイネなら、「やったところで私が勝つでしょうけどね！」と言い張るくらいの

ことはした。アイネがやや不満そうな表情を浮かべて、

「あ、あんたの剣術を見たら、不安にもなるわよ。……久々に会ったら、私なんかと違って強くなりすぎよ。あのディルとかいう男の腕を斬った時、動きが速すぎてほとんど目で追えなかったもの」

先ほど見せた、僕の剣術のことを言っているのだろう。

店の中から床を蹴って、勢いのままに一撃――あれくらいの距離であれば、大抵の人間なら殺すのも難しくはない。

魔物だって、きちんと弱点を狙えば数秒足らずで葬ることができる。今の僕は、確かに剣術においては秀でていると言ってもいいのかもしれない。けれど、僕がそうなれたのも、アイネがいたからだ。

「前にも言ったかもしれないけど、君がいたからこうなれた。君は僕の目標だからね」

「も、目標って……私なんか目標にしてたら、弱くなるわよ」

「ならないさ。だからこうして強くなれた。せっかくだし、庭に出て少し稽古しないか？」

僕は自然な流れで、アイネにそう促す。久しぶりに剣を握ったのなら、やはり練習は必要だろう。

これから彼女と一緒に行動する上で、今の彼女の剣の実力を見ておきたいというところ

もある。アイネも特に嫌がる素振りは見せずに頷く。

「そうね……これからあんたの手伝い、させてもらうんだし。Sランクの冒険者が見てくれるなら、こんな贅沢はないわね」

「そんな大層なものじゃないよ」

「あんたの謙遜するところは本当、昔と変わらないわね」

そう言われて、「そうだったかな」と惚《とぼ》けるように答える。

謙遜をしているつもりはない。ただ、僕より強い人はもっとたくさんいる。

そう考えると、そこまで大仰なことを言う気にもなれなかった。……アイネを守るためになら、それなりのことは言えるし、行動もするが。――そういう意味では僕の方がずっと、彼女に気を遣っていて、距離を詰めることができていないのかもしれない。

「……」

「リュノア?」

「ああ、何でもない。それじゃあ、今日は軽く稽古しようか」

アイネと共に部屋を出る――こうして久しぶりに、彼女と稽古をすることになったのだ。

宿の裏側に、少し広めの庭がある。宿泊客は自由に使ってもよいもので、ここで軽い運動をしている者や子供連れの家族が遊んでいることがあった。

今は僕とアイネの二人きり——アイネが剣の柄を確かめるように握りながら、軽くステップを踏む。

「ふっ——」

一呼吸と共に、一閃。素早い剣撃が虚空を斬る。

次いで二撃。久しぶりに剣を握ったというアイネだったが、およそ衰えなど感じさせない、綺麗な動きだった。

僕はその姿に思わず見惚《みと》れてしまう——以前一緒に稽古をしていた時よりも、ずっと洗練された動きになっていた。

「どう、かしら？」

「ああ、すごく綺麗だ」

「き、きれ……!?」

「動きに無駄がない。久しぶりという風には、とても見えないよ」

「あ……そ、そうよね。剣の話、よね」

何か残念そうにしながら、アイネが言う。正直に褒めたつもりだったが、彼女の中では今の動きに不満があったのだろうか。

彼女に買った剣も、本人が選んだだけあってしっくりきているようだ。

「じゃあ次は、あんたの剣術、見せてよ」

「分かった。僕も、軽く三回振るよ」

アイネに促され、僕は鞘から剣を抜き取る。やや黒光りする刀身は、『クロレスティア』と呼ばれる鉱石から作り出されたものだ。非常に硬度が高く、加工するにも高い熱と、専用の加工具を必要とする。

剣を使う冒険者にとっては、当たり前だが武器は命そのものだ。戦闘方法がそもそも魔法に頼ることの少ない僕にとっては、長く使える剣というのは貴重だし必須になる。

高価な素材ではあるけれど、僕はこれを自分で手に入れて工房に依頼し、剣に仕上げてもらった。

軽く柄を握って、構えを取る。風が吹き込む感覚を肌で感じながら、僕は意識を集中させる。

一歩右足を踏み込んで、横に斬り払う。ヒュンッと風を斬る音に続いて、二撃目。剣を振り下ろし、ピタリと地面に触れる寸前で止める。続く三撃目――刃を返し、斬り上げるような一撃。一通りの流れを終えると、僕は構えを解いた。

「こんな感じかな」

「……」

「アイネ？」

「やっぱり、すごく成長してる。こんな風に言うのはおこがましいくらいよ」

「君だって成長してる」

「……うん。でも、やっぱりあんたは別格。何だか安心したわ」

またアイネが落ち込んでしまうのかと思ったが、彼女が見せたのは笑顔だった。

僕の近くに立つと、彼女は足元を指差し、

「最初の一撃の横振りの時に踏み込むの、まだ結構力んでるでしょ。少し地面を抉《えぐ》ってるもの。昔からそうよね」

「そうだったかな」

「そうよ。だから初撃が遅れるって教えたのに。……まあ、そもそも振り切る速さのレベルが違うから、気にするほどじゃないかもしれないけど」

「いや、そういうことを教えてほしい。これは稽古だからね」

「そ、そう……？　じゃあ、私の方は？　何かないの……？」

「君の剣は……綺麗で迷いがないいな」

「……そうじゃなくて、改善点がほしいんだけど」

「思い付かない」

「……あははっ、そういうところも昔と変わらないわねっ。教えるのは下手くそ！」

「……悪かったな」

「まあ、いいわ。気になるところがあったら遠慮なく言って。今日は私が稽古を付けてもらいたいんだから」

「ああ、分かった」

僕とアイネは剣を交えることはなく、お互いに確かめ合うように素振りをする。

それでも十分に稽古にはなったし、どこか懐かしい気持ちにもなれた。剣は——僕とアイネを繋げてくれる。そう、確信できる。

気付けば、日が暮れるまで二人で稽古を続けていたのだった。


しばらくして稽古を終えた僕は一人、部屋に隣接する浴室にいた。浴室には小さいながらも、浴槽も取り付けられている。だが、今日はシャワーで済ませるつもりだった。

アイネを待たせている——先に入るように言ったのだが、彼女は少し休んでから入りたいと言っていた。

温かい湯を浴びながら、僕は先ほどの稽古のことを思い出す。

しばらく剣を握っていないと言っていたアイネだが、素振りだけでも見る限りは冒険者としても十分に通用する。

僕と一緒に行動する上では、特に問題はないだろう。ネックになるとしたら、一日に一度は訪れる『発情』――その状態になってしまうと、アイネは動くこともままならないくらいに弱ってしまう。

たとえばそれが僕の仕事の途中であったとすれば……休んでいる時であればいいが、魔物と戦っている時などのことを考えると不安が残る。それが不安だから遠くで見ていてほしいと言うのも、きっと彼女を傷付けてしまうだろう。……そうなった場合には、僕が頑張って彼女を守れば済む話でもあるが。

「……身体、洗うかな」

流れる湯を止めると、キィと不意に扉が開く音が聞こえる。

閉め方が甘かったのか。振り返って扉を閉めようとすると――そこに立った彼女と視線が合う。

「アイネ、すまない。待たせてしま――!?」

僕は思わず驚きで目を見開く。

目に入ってきたのは彼女の素肌。右手で胸を、左手で秘部を隠すようにして立っている。隠しているつもりなのだろうが、指の隙間からピンク色の乳首が見える。

鉄製の首輪を着けた裸体の彼女はどこか背徳的な姿であった。

　華奢ではあるが、騎士として務めてきた身体付きは引き締まっているように見える。ド唇を噛むようにして、顔を真っ赤にしながら、

「あ、あんまり見ないで」

　小さな声でそう言った。

「ご、ごめん！」

　サッと僕は視線を逸らす。……いや、何かがおかしい。

　浴室に裸で入ってきたのはアイネの方だ。僕がいるのを知っていて入ってきている――扉を閉める音が耳に届くと、密着する距離にアイネが立ったのを感じる。

　昨日と今日で、彼女の秘部を見ることはあったが……こうして一糸纏わぬ姿を見るのは初めてだった。

「え、えっと……僕はもう出る、よ？」

「それじゃあ私が何のために入ったのか分からないでしょっ」

「……何のために？」

「稽古、手伝ってもらったから……背中くらい、流させてよ」

　どうやら、そのために浴室に来たらしい。この浴室の中に二人はかなり狭いが……アイ

ネは僕の肩を掴むと、浴室にある小さな椅子に座らせた。

「稽古くらいならいつでも付き合うから、こんなことしなくたって……」

「こ、これは私がしたいからしてるの。それとも、こういうのは迷惑……？」

　アイネの声がまた小さくなる。

　僕は少しだけ彼女の方に視線を向ける——理由もなく、彼女の裸を見てしまうことには少し抵抗があった。

　けれど、アイネの好意に嫌な気持ちなど抱くわけもない。僕は視線を前に戻すと、

「それじゃあ、お願いするよ」

「！　ま、任せてっ」

　僕の言葉に、アイネの少しだけ明るい声が聞こえる。少しの沈黙の後、彼女が手に持った布で僕の背中をこすり始めた。人に背中を流してもらうなどいつ以来だろう——程よい力加減で、どこか気持ちよさすら感じる。

「今日はありがとね」

　背中をこすりながら、アイネがそんな風に切り出した。

「剣のこと？　気にしなくていいよ」

「剣のことも、稽古のことも……。何か、本当に久しぶりに、普通に過ごせたって感じ。

自由なんて本当になかったから」

「それなら、お礼を言うのは僕の方だよ」

「どうしてよ?」

「僕も久しぶりに楽しめたから、かな。楽しんで剣を振ったのは、本当に久しぶりだよ」

冒険者の仕事で剣を振るうことと、アイネと共に剣を振るうことはまるで違う——一緒に過ごす時間が、本当に楽しく思えた。

「……そう言われると、何だか少し恥ずかしいわね」

「今より恥ずかしい?」

「そ、それは言わないでよ。恥ずかしくないわけ、ないでしょ」

「ご、ごめん」

少しからかうつもりで言ったのだが、アイネの言葉を受けて僕はすぐに謝る。今の状況を考えれば、彼女が恥ずかしくないわけがないだろう。

そうしてまたしばしの沈黙の後、アイネが口を開く。

「じゃあ、そろそろ交代」

「え、交代……?」

「せ、せっかく一緒に入ったんだし、私も剣を教えてあげたんだから、それくらいいいでしょ？」

「……アイネがいいのなら、構わないけれど」

狭い浴室の中で立ち上がると、僕は極力アイネの裸体を見ないように場所を入れ替わろうとする。だが、彼女が今度は隠すような仕草を見せることなく、僕の前に立つ。

「ア、アイネ……？」

「そんなに目、逸らしてたら、洗えないでしょ……？」

「……君が見るなって言ったんだろ」

「うん、でも……リュノアにはやっぱり、ちゃんと見てほしい」

上目遣いでそんなことを言うアイネに、僕は胸の高鳴りを感じる。僕から見て、アイネはとても可愛らしい女の子だ。そんな子が恥じらう姿を見せながらも、素肌を晒して僕の前に立っている——何故か、『性属の首輪』の効果で彼女との行為をしている時よりも、ずっと緊張してしまう。

アイネの視線がちらりと下の方に向くと、彼女はすぐにそれを逸らした。

「っ、と、とりあえず……背中、流してくれる？」

「う、うん」

アイネに促され、ようやく僕と彼女の位置が入れ替わった。……彼女の姿を見て、大きくなったペニスを見られるのは、どこか気恥ずかしい。

その点についてアイネは特に触れることはなく、俯き加減のまま椅子に腰かける。

僕はそっと、彼女の背中に触れた。

「んっ」

吐息を漏らしながら、アイネが少し身体をくねらせる。

僕は思わず、手に持ったタオルを彼女の身体から離す。

「えっと……？」

「く、くすぐったかっただけだから。その、背中もちょっと、敏感で……」

「なるほど……我慢、できる？」

「ん、我慢する」

『背中も』という言葉に思うところはあるけれど、僕はそこには触れないでおく。

もう一度、アイネの背中を拭うようにタオルで触れる――ぴくんと、まだ彼女の身体が少し震える。

だが、今後は声を漏らすことはなかった。口元に手を当てた状態で、静かに僕が背中を拭き終わるのを我慢するつもりのようだ。

「……っ！」

背中を洗っているだけのはずなのに、そんな我慢をするアイネの姿を、どこか官能的に感じてしまう。

首輪の効果による『発情』をどうにかする時とは違う……大きく反応する彼女に、なんとなくいたずらをしてみたくなる。

肩から腰にかけて撫でるように触れると、ビクビクと震えながらアイネが身体をくねらせた。……本当に、背中も弱いらしい。

首筋を拭いてやると、少しだけ声を漏らしながら首をすくませた。

「んっ」

「……ここも弱いの？」

「！　そ、そういうわけじゃないから」

自分で言う分には素直なようだが、僕に聞かれると強がる傾向にあるらしい。

背中から脇――さらに脇腹にかけて拭うと、露骨に嫌がるような仕草を見せて吐息が漏れる。

「あっ、くぅ」

「我慢できない？　もう少しで終わるからさ」

「へ、平気よ。ふっ、くすぐったい、だけだから」

アイネがちらりとこちらに視線を向ける——目尻に涙を浮かべて、こちらを見るアイネの姿はとても可愛らしく見えて、もう少し触れていたいという気持ちもあった。……けれど、あまり続けるのも彼女には本当に負担になってしまうかもしれない。

僕はそこから真面目に彼女の背中を洗うことにした。それでも十分に、彼女の反応は敏感だったと言えるが。

洗い終わる頃には、稽古でも一つ終えたかのように呼吸の荒いアイネの姿がそこにはあった。

「はっ、ふっ、お、終わり……？」

「終わったよ。前は自分で洗えるよね？」

「あ、当たり前でしょ、バカ！」

アイネが怒った表情を見せながら、僕からタオルを取り上げる——狭い浴室の中、僕とアイネの風呂の時間は、こうして過ぎていった。

＊＊＊

夜——僕とアイネはまた、同じベッドで床に就く。……先ほどの浴室での件もあってか、少しだけ気まずい雰囲気のままお互いに背を向けていた。

あくまで背中を流すだけであったが……お互いに裸を見る機会など、子供の時でもなかったくらいだ。……彼女がお礼の意味を込めてやってくれたことなのだから、もちろん感謝の気持ちはある。――彼女の好意に対して、僕がそれをふいにするようなことをしてはならない。

アイネの裸体を見て、恥ずかしそうにする姿を見て、興奮しなかったと言えば嘘になる。けれど、そんな彼女に手を出してしまうのは、奴隷に堕ちた彼女を『そういう目的で買った』と思われてしまうような気がして、どこか嫌だった。

僕はただ、アイネには以前のように明るくて強い彼女に戻ってもらいたいだけだ。けれど、無理をしているという感じはしなかった。もちろん、浴室に入ってきた時のアイネは恥ずかしそうに俯いていたが、僕と場所を入れ替わる時――彼女はちゃんと見てほしいと言っていた。

その時はアイネの身体のことかと思っていたのだが、思い返せば僕はアイネとしっかり向き合えていただろうか。

「……ふぅ」

小さくため息をつく。首輪を着けられたアイネを見て、僕はすぐに助けるつもりで動いた。アイネは幼馴染《おさななじみ》で、昔はずっと一緒だったのだから、助けるのは当然だ。

少なくとも、僕はそう思っている。アイネだって、僕の危機であれば助けてくれる……それくらいの仲だとは思っている。

だが、僕はアイネがどう思っているか理解できていない。首輪の効果で無理やり発情させられる彼女のことを、主《あるじ》となった僕が不可抗力的に治めているだけに過ぎない——そういう関係を構築していくことになると思っていた。

それなのに、昨日の夜は僕に触れるように眠り、今日は背中を流し合うようなことまでしている。積極的に、アイネの方から僕に触れようとしているのが伝わってくる。

——思い出してはいけないのに、アイネが自慰行為に及んでいたことまで思い出してしまう。そのことについてアイネに話す勇気は僕にもないし、きっと彼女も触れてほしくないことだろう。

けれど、もしかしたらアイネは、僕に好意を抱いているのかもしれない。再会してからわずかな期間でそう思ってしまうのは、僕が彼女に邪《よこしま》な想いを抱いているということなのだろうか。——そんな気持ちで、彼女を助けようと思ったのだろうか。

……僕はただ、アイネのことを大切にしたいと思っている。これ以上、彼女が傷付くことがないように——それだけで、十分なはずだ。

「リュノア、まだ起きてる？」

そんな風に考えていた僕に、不意にアイネが声をかけてきた。

すぐに返事をしようと思ったのだが、先ほどまで考えていたこともあって押し黙ってしまう。小さく寝息を立てるふりをして、僕はアイネの問いかけには答えなかった。

「リュノア？」

アイネが寝返りを打って、もう一度確認するように声をかけてくる。ひょっとしたら、彼女は僕に何か言いたいのかもしれない。しばしの沈黙の後、僕はアイネの問いかけに答えようとして、

「……んっ」

そんなアイネの声が耳に届き、ピタリと動きを止めた。

何をしているのか――振り向かなくても僕には分かる。僕が眠っていることを確認して、彼女は自慰を始めたのだ。

「ん、ふぅ……！」

小さく、押し殺すようなアイネの声が耳元に届く。昨日は僕が部屋にいない時であったが、今度はこんなに近くで、自慰行為に及んでいる。

実際にこうなってしまうと、今度は完全に寝たふりを続けるしかなかった。僕が寝てい

るかどうかを確認してから、アイネはその行為に及んでいるのだから。

「リュ、ノアぁ……」

僕を求めるような声で、アイネが息を荒くして言う。小さく震える彼女の身体の動きが伝わってくる——僕を起こさないようにしようとしているのは分かる。けれど、それに反して彼女の動きも声も少しずつ激しいものになっていく。

アイネが自らの秘部を弄るクチュクチュという液体の音が僕にも聞こえるくらいだ。

僕が起きたらどうするつもりなのだろう……試しに、わざとらしく声を出してみる。

「ん、んん……」

「っ！」

ビクッとアイネが大きく反応して、ピタリと動きを止めた。

けれど、その呼吸は荒いままで、「はーっ」と大きく息を吐いて、僕の様子を窺うようにしている。そのまま、自慰を再開した。

僕にバレることよりも、高まった欲を解放することの方が優先されるらしい。

むしろ、その緊張感がより彼女を興奮させているのか……僕が声を出してからわずか十数秒後には、

「んあっ、イッ……ぅ」

一度、大きく身体を震わせて、アイネが大きくため息をつく。

しばらく余韻に浸ったアイネが洗面所に向かったのを見送り、僕は一度寝返りを打った。

……彼女が自身を慰めている時に、声をかける勇気はない。ただ、僕の中で曖昧だったことが一つ確信に変わる――アイネが、僕に好意を抱いてくれているということだ。

＊＊＊

ディル・ソルティネスは一人、王都から外れた暗い街道を歩いていた。腕を斬られて、しばらくは冒険者としての生活もできないだろう。

（……あの野郎）

ディルの怒りの矛先は、当然リュノアに向く。だが、彼にはもう手出しをする気力はなかった。不意を突かれたとはいえ、Aランクの冒険者にまでなったディルが、気配すら感じることなく腕を持っていかれるところだった――今まで、リュノアが感情を表立って見せたところを、ディルは知らない。

だからこそ、Sランクの冒険者に上り詰めたリュノアのことが気に入らなかった。それなのに、ディルは明確にリュノアとの力の差を見せつけられたのだ。

だが、決して心が折れたわけではない。時間が経って傷が癒えれば、また冒険者としての活動ができる。

やり方はいくらでもある——金を稼げば、リュノアにいずれはやり返すことだってできると、そんなことばかりディルは考えていた。リュノアに怯えて自分を見限った仲間達もそうだ——いずれは全てに復讐する……にやりと、邪悪な笑みを浮かべた。

「リュノアだけじゃねえ。あの金髪の奴隷……アイネとか言ったか。元々はあの小娘が俺に喧嘩を売るような目で見たからだ。あいつも許さねえ……」

「——すみません、少々お時間よろしいですか？」

「あぁ？」

不意にディルに声をかけてきたのは、一人の男だった。黒い帽子とスーツ姿——夜に街道を歩くには似つかわしくない装いだ。

にこりと優しげな笑みを浮かべて、男はディルに問いかける。

「ちょっと人を探していましてぇ、丁度、王都の方からやってきましたよね？　見たところ冒険者……そういう情報には詳しいのではないかと」

「なんだ、テメェは」

「ああ、私のことなどお気になさらず。ただ、情報がほしいだけです」

「黙れ、俺は今機嫌が悪い」

男の話などに興味はない。痛む腕をさすりながら、ディルは男の横を通り過ぎようとした。すると、

「グレマレフ、捕まえなさい」

「っ!?」

男の言葉と同時に、地面から巨大な腕が現れる。それが、巨漢であるディルの身体を握ったかと思えば、ボキリと鈍い音が周囲に響き渡った。

「が、ぐぁ……!?」

「おや、いけませんねぇ……グレマレフ。もっと優しく掴まないと。このお方は怪我をしていらっしゃる。怪我人には優しく……そう教えませんでしたか?」

「教えでもらってでない。ドミロ、話長い」

ずるりと、地面の中から這い出てきたのは、全身が岩でできたような男。赤く光る瞳と、低い声で答える。

男――ドミロがその言葉に嘆息し、

「やれやれぇ、まだほんの少ししか話していないではないですか。堪《こら》え性のない子ですねぇ」

「て、め、なんなんだ……!?　いっ、くそっ……！」

「おっと、申し遅れました。私はドミロ……ここにはちょっとした旅行みたいなものでしてぇ」

状況が掴めず、ディルはただ痛みに耐えるしかない。

力を入れても全く動けずに、岩でできた腕は完全にディルを捕らえている。あとほんの少し力を入れれば、肋骨が折れて内臓に突き刺さるかもしれない――それほどの圧迫感があった。

苦しむディルの前に、ドミロが立つ。

「すみませんねぇ、この子……加減ができないタイプでしてぇ。初めから質問に答えてもらえればこんなことには……おっと、まだ質問していませんでしたね」

笑みを浮かべたまま、ドミロは口元を三日月のように開いて言う。

「金髪の奴隷――アイネと言っていましたね。その子、どこにいるか知りませんか？」

「な、ん……？」

「知りませんか？」

「が、ぐぎぃ……お、王都にいる！　そ、そいつなら、冒険者の、リュノア・ステイラーの連れだ……！　や、宿を取って、まだ王都に滞在してるっ！」

「ほう、冒険者の……もう買われてしまっていますか。確かに、腕の立つ彼女なら需要があるかもしれませんねぇ」

「……っ」

「ああ、グレマレフ。もう結構ですよ」

「分がった。また、必要なら呼べ」

投げ捨てるようにグレマレフがディルを放り投げる――骨のいくつかが折れてしまったディルは、その場に倒れ伏した。

――少なくとも、ディルを掴んだ巨大な手を扱うグレマレフという男は、Aランク冒険者を軽く凌駕する実力であることは明白だ。どういうわけか分からないが、そんな者達が、アイネを狙っている。

（あの、奴隷にどんな価値が――！）

倒れ伏すディルを見下ろすようにドミロが立つ。

「はぁ……ぐっ」

「おやぁ、その傷では冒険者に復帰するのも時間がかかるかもしれませんねぇ。あっ、もちろん言いたいことは分かりますよぉ。私の連れが大変申し訳ないことをしました――そ、こ、で……謝罪の意味も込めて、これを差し上げましょう」

ドミロが懐から取り出したのは、液体の入った一本の瓶。目の前にそれを置かれて、ディルは怪訝《けげん》そうな表情でそれを見つめる。

「どっちでも構いませんよぉ。それを飲んで助かるか……飲まずに死ぬかはあなた次第、ですから」

痛みだけが身体中に広がっていく中、そんなドミロの声がディルの耳元に届く。

ディルは迷いながらも、震える手でその瓶を掴み取った。

第三章

――翌朝、僕は昨日の夜のことには触れず、朝食を済ませた後は出かける準備をしていた。ベッドに腰かけていたアイネが、僕に問いかけてくる。

「今日は仕事？」

「ああ、昨日もらった依頼の一つをやろうと思ってるよ。王都の近辺でできるものだと……北の街道の魔物の討伐かな」

「街道の魔物……王都の近くなのに、騎士が倒しに行かないのね」

「近辺と言ってもあそこは周辺が木々で覆われているからね。それに、戦い慣れていたとしてもある程度の実力がないと無理な相手もいる。君もそれは分かってるだろ？」

「……まあ、そうね。特に魔物討伐の依頼なんて日常茶飯事だし。帝都の地下に出てくることもあったしね」

「王都でもたまに依頼があるね。とにかく、冒険者も結構忙しいもんだよ」

「そう……それで、えっと」

アイネが歯切れ悪く、何か言いたげな仕草を見せる。彼女の言いたいことは僕にも分かる――ついていってもいいか、聞きたいのだろう。

今日はまだ『発情』は来ていない……王都から出て街道に出ると魔物に出くわす機会も増える。その状態で彼女が発情状態に陥ってしまえば、危険なことは確かだ。

ただ、一緒に行動していなければ、どのみち僕が戻るまでに発情してしまうとずっと苦しいままで待つことになってしまう。

だから、僕としてはアイネを連れていくことが正解だと考えていた。

「もちろん、君も一緒だ。ただ、昨日久しぶりに剣を握ったくらいだからね……対象の魔物については僕が倒すよ。それ以外の魔物が襲ってくるようなことがあれば、君の手も借りようと思う」

「！　わ、分かったわ。私も、足手まといにならないようにするからっ」

パアとアイネの表情が明るくなる。彼女ならば、少なくともこの王都近辺の魔物相手に足手まといになるようなことはないだろう。

ネックがあるとすれば、やはり『発情』。その点については、僕からも彼女に確認しておかなければならないことがある。

「ただし、もしも外で君の首輪の効果が発動してしまった場合のことだけど」

「！　そ、そうね。その問題は、あるわよね」

「うん。アイネには申し訳ないけれど……その、外でそういう行為をすることになるかもしれないけれど、そこは大丈夫、かな？」

「大丈夫――とは言い難いけれど……迷惑、よね」

「いや、僕は大丈夫だよ。君が大丈夫であるなら。それに、一緒にいた方が君も安心なんだろ？」

「それは、うん。そっちの方が気楽かな」

「じゃあ、決まりだ」

気にしないわけにはいかないが、普段から気にしていては気苦労も多いだろう。

もちろん、朝方に『発情』してくれたらその日は少なくとも発生することがないのだから、心配する必要もなくなるわけだけど。

僕とアイネは準備を終えると、宿を出て馬車の待合所へと向かう。

一概に『王都』と言っても、中ではいくつかの町に分かれていて、土地も広い。王都内を巡回する馬車があって、お金を払って決まった場所を移動できるのだ。

僕が目指すのは北の街道――二つほど馬車を乗り継ぐ必要がある。

アイネと共に、馬車に揺られながら北の方を目指す。

「ねえ、今回の目的の魔物ってどんな奴？」

「ああ、『グライ・ベア』って名前の魔物だね」

――灰色の毛並みを持つ、巨躯の魔物。両腕が太く発達し、三本の爪は大木ですら簡単に引き裂くという。ここ最近、縄張りを王都に近づけてきた魔物らしく、今月だけで被害は三件ほど。主に食料などを積んだ馬車が襲われ、北の街道付近で仕事をしていた冒険者数名が殺されている。

その冒険者の中にAランクの冒険者が二人も含まれていたために、僕への依頼となったのだろう。

僕が受けなければ、別のSランク冒険者への依頼になるかもしれないが、ギルド長の言っていた通り、確かに他のSランクは癖の強い人が多い気がする。

僕も何度か顔を合わせたことがあるくらいだけど、本当に国の危機レベルにならないと依頼を受けない者や、気まぐれに初心者がやるような依頼で日銭を稼ぐ者など様々だ。

そもそも、冒険者ギルドからの招集にしっかりと応じる者が少ない。その分、僕は色々と仕事をさせてもらえる立場になっているわけだけど。

「あんたが依頼されるくらいだから、相当強いってことよね」

「どうだろうね。まあ、放っておくわけにはいかないんだろうけど」

「……無理はしないでね？」

「ははっ、僕がそういうタイプに見える？」

「そういうタイプでしょ、あんたは」

アイネが心配そうな表情で言う。

僕は別に、無理をするつもりはない。少なくとも、アイネの身に危険が及ぶようなことがあれば、すぐに撤退するつもりではある。

ただ情報を見る限りでは、僕でも十分に対応できる相手だ。

そもそもSランクに認定される冒険者は——国の中でも『英雄』と呼ばれるクラスに該当する。それだけの実力が認められながら、王都の近辺に現れた一匹の魔物に勝てないというのでは、示しがつかないだろう。もっとも、僕はそんな立場には興味もないけれど。

馬車を乗り継いで、僕とアイネは北の街道付近に到着する。門を抜けた先にはしばらく大通りが続くが、そこから先は森で覆われている。

魔物の多くは生息地を変えることはないが、時折『個』として成長し、強くなった魔物が住処《すみか》を転々と変えることがある。

その最たる例は、『ドラゴン』という魔物だろう。生まれながらにして最強と呼ばれる彼らの多くは、住処を一定にしない。『放浪竜』と呼ばれるドラゴンは、特に短い期間で住処を変えることからそう呼ばれたりもしていた。

　今回の目的はドラゴンのような魔物ではなく、『グライ・ベア』という数は少ないが討伐例もいくつかある魔物の一種。

「それじゃあ、行こうか。まずは最初に被害のあったポイントに行ってみよう」

「任せるわ。私、この辺りには詳しくないし。でも、どうやって魔物を探すの？　騎士団なら人海戦術で探すのが基本だったけれど」

「まあ、足で探すしかないかな。この辺りはそんなに大型の魔物はいないし、暴れていたら音ですぐに分かるかもしれないね」

「……そうなるわよね。私も同じようなものだったし」

　まずは魔物を探すところから――冒険者としての仕事のランクに関係なく、全てはそこから始まるのだ。

　僕とアイネが最初に訪れたのは、街道を進んだ先にある分かれ道。分かれ道と言っても、片方の道は奥に進むと行き止まりになっている――丁度、この近辺が最初の被害の場所だった。

「ここで行商人が襲われてる。馬車は五台で、護衛に雇った傭兵が数名。この時は積み荷に夢中だったから、怪我人《けがにん》はいたけど死者は出なかったらしい。この時点で、『グライ・

ベア』という魔物であることが確認されたわけだ」

「人を襲うっていうよりは、積み荷が目的だったってこと？」

「うん。積んでいたのは海辺の町から輸送していた魚類が大半だったらしい。特に魚の臭いは強いから。その積み荷の餌を蓄えにして潜伏したんだと思う」

その数日後、まだ別の行商人が襲われている。次はここより少し進んだ先の道で、同じく食料を積み荷としていたそうだ。

そして、最後に襲われたのは数名の冒険者達。小道から外れて森の中に入ったところを、突然襲われたということだ。

元々の目的は森の奥地にある洞窟の中から、『魔石』を採掘することにあったらしい。

『魔石』は家庭でも多く使われていて、たとえば水を汲み上げるための装置には『魔石』が動力源として使われている。冒険者への依頼でもよく出されていて、おそらくAランクの冒険者も含めて大量の調達依頼を受けたのだろう。

その結果、生き残ったのはわずか二名。Aランクの冒険者を含めた実力者達は現場に残り、帰ってくることはなかった。

遺体を回収したわけではないが、生き残った冒険者の話から、まず生きていることはないだろうということだ。

「それって、洞窟近辺が住処なんじゃないの？」

「可能性としては最も高いと言えるね。アイネ、ここからは森に入っていこうと思うけど、一応安全確保のために中継地点を決めながら進むよ」

「分かったわ。それは騎士でもよくやることだもの」

僕とアイネは二人、街道から外れて森の中へと入っていく。

生い茂った草木によって足場は少し悪く、進みにくい。僕が先行して後ろを歩くアイネが進みやすいように草を踏みつぶしながら、歩いていく。

森の中では、特に周囲の気配に気を配らなければならない。視界は悪く、数メートル先の様子すら確認することができないのはザラだ。

前方だけでなく、左右や後方にも意識を集中する必要がある。僕なら一人でも問題はないが——今は二人で行動を共にしている。

「アイネ、君は後方に気を配ってくれ。僕が前を見る」

「！　分かったわ」

複数人のパーティで行動するならば、役割としては丁度いい分担になる。アイネならば後ろを任せても心配はないし。彼女は冒険者ではないが、騎士としてこういう場所での場数は踏んできているだろう。

実際、アイネの方が周囲に対する警戒心は強い。まずはある程度開けた空間を探し、そこを最初の拠点とする。

拠点と言っても、寝泊まりするようなキャンプを張ったりはしない。

今の時間ならば、大荷物があればそこに置いて周辺の探索を始めるのが正解だろう。ただ、今の僕は特に大きな荷物を持っていない。

やるとすれば、火を焚いて簡単な食事を摂れるようにするくらいか――

「アイネ」

「ん、分かってる」

足を止めてアイネの名を呼ぶと、そんな答えが返ってくる。

少し離れたところから、こちらを窺《うかが》う気配を感じる――四……いや、五体か。

「小型の魔物だね。隙を窺ってる」

「……肉食?」

「僕もアイネも今は食料を持っていないから、この辺りだと『ベル・ウルフ』かな。鳴き声が聞こえれば確実だけど」

僕は腰に下げた剣に手を触れると、アイネがその手に触れた。振り返ると、アイネが真剣な表情で僕を見ている。

「私にやらせて。五体くらいなら、私一人でもやれるから」

それは、アイネ自身が『役に立つ』ことを証明したいということだろう。『ベル・ウルフ』という魔物は黒い毛並みを持つ狼種の魔物で、多ければ十体ほどの群れで行動する。「鈴の音」のような鳴き声で仲間と連携を取るのが特徴だ――実際にはそれは鳴き声ではなく、喉にある石のような器官をぶつけているのだという。

森の中で聞こえてくる鳥の鳴き声の他、すぐ近くから「リィィン」と響くような音が聞こえる。――『ベル・ウルフ』であることには間違いないようだ。

一体一体の戦闘能力はそれほど高くはなく、Dランクの冒険者であれば倒すことはできるだろう。

ただ、群れであればそれなりの実力は求められる。……アイネくらいの実力者であれば、僕は問題ないと思っているが。

「分かった。僕は周りに気を配っておくから、アイネに任せるよ」

「ありがと。じゃあ、行ってくるわ――」

言葉と同時に、アイネが地面を蹴った。

素早い動きで、群れのいる方向へと駆ける。草木などものともしない、俊敏な動き。腰に下げた剣を抜き去ると、アイネが剣を振るった。

「――」

まずは一体。アイネの動きに対応しきれず、斬り伏せられる。

突然動いたアイネに対して、すぐに二体が動き出した。左右からアイネを挟み込むようにするが、アイネは身を低く屈め、回転するような一撃――飛び掛かった二体は、そのまま力なく倒れ伏す。

残りの二体は、アイネの強さを理解したのだろう。ザッ、と地面を蹴って気配を消した。わずか数秒以内に、決着はついた。

「……ふぅ」

アイネが小さく息を吐いて、剣に付いた血を払う。無駄のない綺麗な動きだった。

「さすがだね。この辺りの魔物なら、アイネに任せても大丈夫そうだ」

「ええ、任せてもらっても構わないわ。リュノアは『グライ・ベア』と戦わないといけないんだし、極力体力は温存して。何だったら、前も私が行くわよ」

「いや、前は僕が行くよ。洞窟の場所は分からないだろ？」

「……じゃあ、足場はそんなに整えなくても大丈夫だからね」

僕の言葉に従うアイネだったが、付け加えるようにそんなことを言う。

どうやら僕が足場をしっかり整えていたことに気付いていたらしい。別にそれくらいな

ら、負担にもならないのだけれど。

「それくらいで疲れるほどやわじゃないよ」

「いいから。いつも通りでお願い。言ったでしょ、足手まといにはならないって」

「……それなら――うん、普段通りで行くよ」

最初の戦闘を終えた僕とアイネは、再び歩みを進める。アイネの実力を改めて確認できたところで、僕達は拠点を作るための場所の探索を続けた。

森の中をしばらく進んで、僕とアイネは拠点のポイントとなる場所を見つけた。他の冒険者達もよく使っていたのだろう……焚き火の跡が残されている。

そこを囲むように、手頃な岩が椅子代わりに置かれていた。このまま、ここを利用させてもらうとしよう。

「少し休憩したら、洞窟の方に向かおう。ここからなら、そんなに遠くないはずだから」

「ん、分かった」

「アイネ、調子の方は大丈夫？」

「基本的には健康体よ。……割りと急にくるから面倒なんだけど」

今のところは、アイネの体調は問題なさそうだ。このまま休憩をしているタイミングで『発情』がきてくれたら……なんてどうしようもないことを考えてしまう。

彼女にとってそれは負担でしかない――けれど、時間が経てば経つほど、発情が起きる確率はどんどん上がっていくことになる。

今はまだ昼になる前だが、僕がアイネに出会ってからは昼から夕刻にかけて『発情』が起きるのが基本だ。

まだ二回だけだし、アイネの話によれば『一日』であればいつでも発生する機会があるという。

たとえば夜に『発情』して、そのあと朝になる前に『発情』するなんてこともあったという。

だから、僕が一緒にいる以上はできる限り迅速に処置をする。

アイネのそんな姿に、邪《よこしま》な考えなど抱くつもりもない。

「つらかったらすぐに言ってほしい。ここが引き返す地点だからね。一応、簡易テントも張っておこうとは思ってるよ」

僕の荷物の中には、小さく畳むことのできる一人分のテントがある。今日はどのみち日帰りのつもりだから一つしかないが、数日にかけての調査が必要な場合はもう一回り大きいテントが必要になるだろう。

「それって、テントでするってことよね？」

「まあ、ここなら人通りはないし、声が多少出ても大丈夫だと思うけど」

「っ、べ、別に出したくて出してるわけじゃ——じゃなくて、そんなに声も出てないっ」

アイネが顔を少し赤くして、そんな風に否定する。

明らかに声は抑えられていなかったが、そこについて言及するつもりはなかった。

「あくまでたとえ話だから」

「そ、そう。それなら、いいけど」

「とにかく、そのためにテントも張って——！」

僕の言葉を遮ったのは、ズンッという大きな音。それが聞こえてきたのは洞窟のある方角からだった。

僕とアイネは視線を合わせると、すぐに駆け出す。

「アイネ！　君は後方で待機だ。敵と遭遇しても前に出ないようにっ！」

「わ、分かってるわよ。無理はしないから」

拠点としたポイントから洞窟まで歩いて数十分ほど。

アイネの動きに合わせて走るつもりだったが、草木があっても先ほど彼女が見せたように、その動きは俊敏だ。合わせるどころか、多少本気でも全く問題はないくらいで、正直助かっている。

再び森の開けたところに出ると、視界に入ってくるのは大きな洞窟の入り口と——巨躯の魔物。

「止まって」

「っ、あれが『グライ・ベア』……」

「ああ。でも、様子がおかしいね」

「……え？」

ズンッ、と一歩前に踏み出して、よろよろと身体《からだ》を揺らしている。

こちらに気付いているわけではない。よく見ると、太い腕の爪は砕かれ、身体のあちこちに傷が見える。そのまま、前のめりに『グライ・ベア』は倒れ伏した。

「なっ……？　ど、どういうこと!?」

「アイネ、君はここにいてくれ」

洞窟の中か近くの茂みか——何にせよ、『グライ・ベア』を単独で撃破した者がいる。

ここからではよく見えないが、背中には大きな傷があるようにも見える——一本の切り傷は、刃物によるものか。

僕は倒れ伏した『グライ・ベア』との距離を詰めていく。そのとき、背後から気配を感じた。

「アイネッ！　後ろだ！」

「っ！」

僕の声に反応して、アイネが振り返る。そこに立っていたのは、血に濡れた斧を持った巨漢。――冒険者のディルであった。

「フーッ、フーッ」

「あなた――っ！」

そのとき、アイネがその場に膝をつく。このタイミングで、彼女に何が起こったのか理解できた。

ディルが斧を振りかぶる。アイネに対して、攻撃しようとしているのが分かった。

僕は地面を蹴って駆ける――彼が斧を振り下ろすよりも速く、アイネの身体を抱えて後方へと下がる。その瞬間に剣を振るい、一撃。

ディルの左肩を掠めて出血するが、そんな怪我を気にする様子もなくディルが前に出る。

「リュノア……ステイラー、お前を、殺す……ッ！」

「ディル……君は……」

明らかに様子がおかしい。

だが、すでに臨戦態勢に入った彼を止める手立てはない。『グライ・ベア』を単独で倒したのであれば、少なくとも彼の実力がSランクの冒険者に近しいものになっているのだと理解できたからだ。

「リュ、ノア……！」

荒い呼吸のままに、アイネが心配そうな声を漏らす。そんな彼女の手に軽く触れて、僕は言う。

「心配しなくていい――すぐに終わる。だから、目を瞑《つむ》っていてくれないかな？」

「目を……？」

「うん、僕を信じてくれ」

「んっ、信じて……る」

アイネが僕の言う通りに目を瞑る。僕は小さく息を吐くと、目を細めてディルを見た。

理由はどうあれ、彼は僕の前に再び立った。そして、アイネに対して危害を加えようとした。

「三回目だ――ディル」

「オオオオオオオッ！」

雄叫《おたけ》びを上げて、ディルが地面を蹴る。大地が抉《えぐ》れ、砂埃《すなぼこり》が舞った。異常な脚力の証明――だが、何もかも無意味だ。

「オオオオ――オ？」

ディルの声が途切れる。周囲に飛ぶのは鮮血。すれ違うように一撃――彼の首を、僕の剣で切り落とした。

首を失った身体は、その勢いのまま前方に倒れ伏す。斧はあらぬ方向へと、勢いよく飛んでいった。

ヒュンッと剣に付いた血を払い、僕はアイネの下《もと》へと戻る。彼女は身体を震わせたまま、

「リュ、ノア……？」

確認するように目を開く。僕はいつものように、彼女に笑顔を向けた。

「うん、戻ったらテントを張るから、力を抜いて休んでいてほしい」

そうして、アイネを抱える。倒れ伏したディルの方に振り返ることはなく、その場を後にした。

アイネを連れて、僕は一度拠点のポイントに戻った。

つらそうにする彼女のために、すぐにテントの準備をしようとする――一応、野外に人の気配がないとはいえ、彼女のために視界を遮るところくらいは用意するつもりだった。

「あ、いつは……？」

「今は気にしなくていい。それよりも、テントの準備をすぐにするから」

だが、テントの準備をしようとした僕の服の裾をアイネが掴む。

「い、いいっ……から、このまま、触ってっ」

求めるようにそう言われ、ぼくは静かに頷く。

アイネにとっては相当つらいのだろう――アイネは膝立ちになると、下着を少しだけ下ろす。つぅっと、愛液が糸のように伸びているのが見えた。

僕は手袋を外して、左腕でアイネの身体を支えながら、右手を彼女の秘部へと伸ばす。

すでに濡れているアイネの秘部に触れ、そっと滑り込ませるように膣内に指を挿入する。

「んっ、ふっ、ぅっ」

アイネが小刻みに身体を震わせながら、僕の身体にしがみついてきた。

この行為をしている間、彼女にとっては何かしら掴まるモノが必要なのかもしれない。

弱々しい力ではあるが、必死に僕にしがみついているのが分かる。

アイネが俯いたまま、声を押し殺すようにしていた。

「んっ、んんっ、くぅ、いあっ……！」

指を動かすたびに声が漏れるが、それでもアイネが大きい声を出すことはない。先ほどのアイネの声の話のことを気にしているのか――こういう時に限って、負けず嫌いなところを感じてしまう。

周囲に人はいない。今のアイネをつらさから解放するには、イカせてやることが一番の近道だ。

「アイネ、少しだけ激しく動かすよ」

「っ、んあっ、やぁ……！　あっ、うぅ、んんっ……！」

びくりと、アイネの身体の跳ねる感触が伝わってくる。

倒れそうになるアイネの身体を支えながら、濡れた彼女の膣内で動かす指の動きを速める。

ぬるりと滑りの良い彼女の膣は、それに応じるかのように僕の指に吸い付いてきた。

それでも、動かすペースは少しずつ速めていく——やがて俯いていたアイネが顔を上げると、

「やっ、やぁ……そん、なに、んあっ……速く、しないでよぉ……！　声、こえっ、出ちゃう、からぁっ！」

「そんなこと、気にしなくても大丈夫だから」

「んあっ、やだっ、恥ずかし、しい……のぉ！」

潤んだ瞳で、上目遣いにそんなことを言われたら——僕だっていつまでも冷静でいられるか分からない。

だらしなく涎《よだれ》まで垂らしてしまっている彼女が、ずっと求めるように僕のことを見ている。

「……恥ずかしいなら、声を出せないようにすることはできるけど」

「ん、んっ、お、お願いっ！　あぅ、く、口、塞いで……！」

アイネの言葉に応じて、僕はそっと彼女と口付けをかわす。——声を制限する必要もない場所で、ただ彼女の恥ずかしさを紛らわせるために。

舌と舌を絡め合うと、よりアイネの膣内が僕の指を締め付けてくる。僕はそのまま、彼女の膣壁をなぞるようにしながら指を動かした。

アイネが目を見開いて、嫌がるように腰を下げようとする。

「んんっ、ひゅ、んぅ、うっ……！」

けれど、僕はアイネを逃がさないように、身体をしっかりと捕まえる。

アイネもまた、手だけはしっかりと僕の背中に回して、しがみついていた。やがて大きく身体を震わせた彼女は、キスをしたまま絶頂を迎える。

「——ッ！　ふっ、ふぅ……ん、ふぅ……！」

ビクビクと身体を震わせると、太腿から愛液が滴り落ちる。パタタッと、地面を濡らす音も耳に届いた。

ゆっくりと唇を離して、アイネと向き合う。

「……大丈夫？」

「はぁ、はっ、ん……大、丈夫」

恥ずかしそうにしながらも、アイネも僕のことを見つめて返す。しばらく落ち着くまで、僕は彼女の身体を支え続けた。

しばらくアイネを休ませてから、僕は再び現場へと戻ることにした。アイネには拠点に待機してもらい、僕一人で確認に行く。

ある程度調子の戻ったアイネであれば、この森にいる魔物に後れを取ることはない。すでに『グライ・ベア』が討たれた以上……大きな心配はないだろう。

洞窟の入り口付近――そこが『グライ・ベア』の巣であったことは間違いない。その『グライ・ベア』を倒したのが、Aランク冒険者であるディルなのだ。

『グライ・ベア』の背中の傷はディルが付けたもので間違いない――少なくとも、以前の彼の実力であれば、一人で倒せるような相手ではなかったはずだ。

仲間がいる様子もなければ、一人でこんな森にいるのもどこかおかしい。

僕は首を失って倒れ伏すディルの遺体に触れる――彼の腕の傷は、不思議なことにほぼ塞がっていた。

「これは……『魔法薬』か何か使われているのか。一応、血液のサンプルもあった方がいいかもしれないね」

ディルに何があったのか、それは僕にも分からない。ただ、襲い掛かってきた彼の状態は普通ではなかった。僕の前にもう一度姿を現したから首を刎《は》ねた……理由はそれだけではない。

単純に、加減をしていられるような相手ではなかったからだ。

昨日までは僕が簡単に腕を切り落とせる程度の実力だった男が、たった一日で傷を治して襲い掛かってくる――正直言ってしまえば、かなり異常な事態だ。

何かしらの魔法か、薬によって強化されている……それは、僕にでも分かる。

『医学』にも『魔法薬学』にも精通しているわけではないが、ディルが強くなったとすればその辺りが関わってくることになるだろう。彼の腕を治し、急激に強くするような何かがあった。

「……一先《ひとま》ず、遺体の回収は無理だね。戻ったとして、魔物に食い散らかされる可能性もあるし」

血液のサンプルを持ち帰るのも、それが理由だ。『グライ・ベア』の討伐の証も一先ず持ち帰るが、これは僕が倒したわけではない。

まずはギルドに事情を話して、今回の事件について調査の協力を仰《あお》ぐことにしよう。

僕はディルの遺体を残して立ち上がる――不意に感じた気配に、僕はそっと腰に下げた剣に触れる。

「……誰だ。そこにいるのは」

僕の問いかけに対して、特に答えは返ってこない。その気配はしばらくすると、霧のようにすぅと消えていく。しばしの沈黙の後、僕は剣から手を放す。

何者か分からないが、僕のことを監視している者がいる――それが理解できると同時に、僕はすぐにアイネの下へと駆け出した。

気配が消えたのはアイネのいる方角ではないが、万が一ということもある。急いで僕が戻ると、アイネは少し驚いた表情で僕を出迎えてくれた。

「ど、どうしたの……？　そんなに慌てて……」

「いや、アイネのことが心配になって」

嘘は言っていない――アイネの身に危険が及ぶ可能性を危惧して、僕はその通りに伝える。ただ、その理由については言うつもりはなかったが。

アイネがそれを聞いて、少しだけ動揺した様子を見せる。

「そ、そうなの……？　別に、私はもう平気よ」

「ああ、それならよかった。ディルの件については、冒険者ギルドに報告しよう。『グライ・ベア』の件も含めてね」

「分かったわ。後味はなんか悪いけれど、一応、依頼は達成――ということでいいのかしら？」

「『グライ・ベア』を倒したのはあくまでディルだからね。まあ、この辺りの危険な魔物はいなくなった……そういう報告でいいと思うよ」

「……別にあんたが倒したってことでもいいじゃない」

「君が僕の立場なら、そうするかな？」

「まあ、しないけれど……」

歯切れ悪く、アイネがそう答える。彼女も真っ直ぐな人間だ――理由はどうあれ、手柄を横取りするような真似はしないだろう。ディルのそれを手柄といっていいのか分からないが、少なくとも。今回の件については『片付いた』ということでいいだろう。

「よし、それじゃあ暗くなる前に戻ろうか。今日の仕事はこれで終わりだ」

「ん、分かった。荷物をまとめるわ」

「ああ、頼むよ」

僕とアイネは、そうして戻る準備をする。結果として依頼達成とは言えない状況になってしまったが、『グライ・ベア』についての脅威はなくなった。……ある意味では、気がかりなことが多い事件になってしまったが。

僕とアイネの二人での初仕事は、こうして幕を閉じたのだった。

＊＊＊

『グライ・ベア』とディルの死体が倒れ伏した洞窟の前に、数体の魔物が現れる。死肉を食らうために現れた者達だ。

ゆっくりと様子を窺うように魔物達が死体に近づくと、その目の前に突然大きな壁が出現する――魔物達は、驚いてその場から逃げ出した。

壁がパラパラと砕け散って中から現れたのは、四メートルはあろうかという巨人。両腕もまた、巨躯に対してさらに大きく見える。岩で構成された拳を地面につくと、倒れ伏したディルの死体に視線を送る。

ゆっくりと死体の前まで歩いていく――手を地面につくたびに、小さな地鳴りが発生した。

「こいつ、使えない。あんな男に殺された」

「――あんな男と言っても、あれがアイネさんを買い取った冒険者ですよ。名はリュノア・ステイラー……まごうことなきSランクの冒険者ですね。ふふっ、まさに英雄と言える強さではありませんか。見ましたか？　あの剣術」

巨人――グレマレフの背後から現れたのはスーツ姿の男、名はドミロ。笑みを浮かべたまま、ディルの遺体には目もくれず、グレマレフに問いかける。

「見でない。オレ、音しか聞いでない」

グレマレフが答えると、ドミロはさらに確認するように、

「では、その『音』ではどうでしたか？」

そう、尋ねた。

グレマレフは少し考えるような仕草を見せながら答える。

「風、斬る音が聞こえた。確がに速い。けど、それだけ」

「相手を舐めてはいけませんよ、グレマレフ……君の悪い癖ですね。先ほども、少し近づいただけで気付かれたでしょう？」

ドミロが少し咎《とが》めるように言う。地面の中に潜っているグレマレフの存在に気付く――ドミロからすれば、それだけで十分に異常だった。

気配を察知する能力に優れていたとしても、度が過ぎている。

ただでさえ、高い剣の実力を持っているというのに、索敵能力まで高いというのは脅威であった。

「確がに、それは驚いた。オレ、気配も殺した。気付かれるなら、隠れずに正面から殺《や》るか？」

「もちろんまともにやり合っても構わないのですが、確実な勝利を手に入れることにしましょう」

「確実……作戦、あるのか？」

グレマレフが問いかけると、ドミロはくすりと意味ありげに笑みを浮かべる。

何よりも、リュノアの行動を見ていれば分かる――彼自身の弱点が、すぐ傍《そば》にいるということに。

「ふふっ、とても単純な話ですよ。弱ったところを狙えばいい……なんてことはない。どうやら彼にとっては、アイネさんはとても大事な存在らしいですよ」

ドミロとグレマレフ――二人の魔導師が動き出す。その行先は、リュノアとアイネの二人が滞在する王都だ。

第四章

町へ戻った僕は、ギルドに事の顛末の説明に向かった。

『グライ・ベア』の討伐がディルという冒険者によって行われたことと、ディルが襲い掛かってきたために殺した、ということも。

そこまで包み隠さず話す冒険者も珍しいらしく、何かの罪になるんじゃないかと思って隠蔽する者がほとんどだそうだ。実際のところ、町の中や近隣ならともかく、森の中で起こった事件となると中々証明も難しくなる。

だから、報告したところで僕に何らかの咎《とが》があるわけではない。むしろ、襲ってきたのはディルの方である、ということは普段の彼の態度から正当化される。

僕は彼の血液のサンプルをギルド側に渡した。血中に何かしらの成分が含まれていれば、それでディルに何があったのか分かる可能性がある。

報酬については……『グライ・ベア』が打ち倒されたという証拠としての牙や爪など、素材の一部を僕が持っていったから『討伐したのは僕』という扱いで処理された。そもそも、勝てるから依頼したのだから問題ない、というのがギルドの判断らしい。

　アイネとの初仕事としては何とも言えない結果になってしまったが、一先《ひとま》ずこれで仕事は完了となる。

「今日のことだけど、その……ごめんなさい」

　夜――不意にアイネがそんな風に切り出した。何のことを謝っているのか分からず、僕はアイネに聞き返す。

「何のこと？」

「だから、あれよ……ディルが襲ってきたときの」

「ああ、そのことか。別に気にすることないよ」

「足手まといにはならないって言ったのに、一番大事なところで……本当に情けないわ」

　どうやら、アイネはディルに襲われたタイミングでのことを言っているらしい。確かに、タイミングとしては最悪だった――あと少し遅ければ、アイネが殺されていたかもしれないのだから。

　けれど、彼女の性格なら……仮にアイネの意思によるものでなかったとしても気にしてしまうだろう。ついていきたいと言ったのは彼女なのだから。

「たとえばの話だけど、君が逆の立場だったとして、僕を責めるかな？」

「……え？」

「僕が何らかの理由で動けなくて、君が僕を助けたとする。それで、君はその後に、『動けなかった僕が悪い』って、言うのかなって」

「そ、そんなこと――言うわけないじゃない……」

「じゃあ、この話はこれで終わりだ。僕は君が悪いとは思っていないし、むしろ何かあっても君を守るつもりで連れていった。実際、仕事としては少しあれな結果にはなってしまったけれど、上手くいっただろ？」

「……そう、ね。でも、何か……その言い方は、ずるい」

拗ねたように唇を尖らせて、アイネが言う。そうは言われても、彼女が咎めないことを僕が咎めるわけもない。

昔から怒るところを見たことがないと言われるくらいだし、そもそも気にするタイプではないのかもしれない。――だから、あの時アイネには目を瞑《つむ》ってもらった。

ディルがアイネに襲い掛かった時に、僕にあったのは怒りの感情だけだ。冷静なようで、僕はどんな理由があろうと、彼を殺すつもりでいた。

その時の表情が、どんなものだったか僕には分からない。けれど、アイネにはなんとなく見せたくはなかった――それが、僕の我《わ》が儘《まま》なのは分かっているけれど。

「とにかく、今日の仕事は終わりだよ。明日は特に仕事をするつもりはないから、今日もゆっくり休んでくれ」

「……分かった。じゃあ、横になって？」

「ん、まだ寝るには早い時間だけど――」

「寝るんじゃなくて、マッサージしてあげる」

「マッサージ？　君にできるのか？」

「バ、バカにしないでよ。騎士団にいた時に褒められたくらいなんだから」

自信があるのか分からないが、アイネに促されて僕は横になる。彼女も疲れているだろうに……僕の肩や腰に程よい加減で力を込める。中々に気持ちはいいが、先に疑問の言葉を口にしたのはアイネだった。

「……あんまり凝ってない？」

「まあ、そんなに使ってないしね」

僕が剣を振るったのはディルとの一戦くらいだ。むしろ、森での戦いを頑張ってくれたのはアイネの方だろう。

僕は身体を起こして彼女の肩を引く。

「ふぇ、ちょ、な、何を……!?」

「いや、僕はいいから、君にマッサージをしてあげようかなって。君の方が疲れてるだろ？」

「あ！　マッサージ、マッサージね！」

それ以外に何があるのか……何故《なぜ》か動揺した様子のアイネを横にならせようとするが、少しばかり抵抗してくる。

「わ、私は別に、平気だから！」

「そう言うなって。君だって疲れてるだろ」

「そんなこと……ひにゃん！」

うつ伏せにしたアイネの腰の辺りのツボを押すと、およそ彼女から発せられたとは思えないような嬌声が響く。……ただのマッサージのはずだが。

ぷるぷると震えた様子でアイネは俯いたままだ。

「アイネ、結構凝ってる？」

「……うん」

アイネが素直に頷く。そもそも、彼女は身体《からだ》を動かすのも久しぶりだったはずだ。

そう考えれば、森での戦いが負担になっていてもおかしくない。

もちろんそれもあるけれど……アイネの反応を見ると、どうにも楽しくなってしまう。

僕が改めて、アイネの腰をマッサージする親指に力を込めると、

「うひぃっ！　ちょ、ちょっとタイム！」

僕の指圧に反応して、アイネが身体を動かして抵抗しようとする。けれど、そのまま馬乗りになる形で押さえつけた。

「大丈夫だから、任せてよ。僕はこのマッサージでSランク冒険者になったんだよ？」

「わ、私の知ってるリュノアはそんなこと言う人じゃない！」

「人は成長するものだね」

実際のところ、昔はアイネの方が剣の実力も上で、何かといたずらを仕掛けてくるタイプなのもアイネの方だった。決して仕返しというわけではないけれど、僕にとってはこういうアイネの反応はとても新鮮だ。

だから、これは軽いスキンシップのようなものだと思ってもらいたい。

「リュ、リュノア……私、謝ったよね？」

「うん、そのことについては本当に怒ってないし、気にもしてないよ。アイネがマッサージしてくれたから、お返しにしてあげようってだけで」

「ま、待って……私にはマッサージなんて……あっ、あああっ！」

……本当にマッサージしているだけなのに、何故かアイネにいつも以上に怪しいことを

していうような声が響く。

僕がマッサージをしている間、そんなアイネの声は部屋に響き続けた。

＊＊＊

アイネは時々、昔のことを夢に見る。それは、リュノアと一緒に剣の修行をしていた頃のことだ。

冒険者であるアイネの父が時々帰ってきて、剣の修行に付き合ってくれる。いつもは冒険者だった母が見てくれて、そんな二人に育てられたアイネは——幼い頃から剣士としての才能を開花させていた。……そんな彼女だからこそ、幼いながらも理解できてしまうことがある。

アイネには確かに才能はあるが、父や母のような冒険者にはなれない、と。

アイネの父はAランクの冒険者で、母もまたAランクの冒険者だった。だが、父の剣を見ていれば分かる——父はもっと、上の実力を持っているのだということを。

そして、アイネではなく一緒に剣の修行をしていたリュノアの方が、剣士としての才能があることを。

だから、アイネはリュノアに対していじわるな態度を取ることがあった。

それは決して、リュノアのことが嫌いだからではない——才能のある彼には、もっと強くなってほしかった。リュノアが強くなれば、アイネももっと強くなれる気がした。

きっと、競う相手が強ければ……アイネもより成長することができる、と。それこそが『逃げ』であることを理解したのは、十三歳の頃。

目に見えて成長していくリュノアに、アイネは期待すると共にある感情を抱くようになっていた。

——どんな時でも優しい彼が好きで、自分の方が弱くても守ってくれようとする彼が好きで、剣の試合になると負けず嫌いになる彼が好きだった。

そんな気持ちを持ったまま、一緒にいては強くなれない——そんな気がして、彼女はリュノアの傍《そば》を離れることにした。

父や母のような冒険者ではなく、『騎士』という違う道を生きて、アイネは強くなろうとした。……その結果が、奴隷として生きる道になってしまうことなど、およそ想像できるはずもない。

奴隷になってからの数日間——いや、『性属の首輪』を着けられてから、アイネにとっては気持ちが休まる日など一日たりともなかった。

夜中に『発情』すれば、それを治めてくれる人など誰もいない。

むしろ、そんなアイネをいたぶるつもりなのか――腕を拘束されたまま一日放置されることだってあった。

アイネの気持ちは何度も折れかけて……それでも表向きには気丈に振舞う。

打開策もなく、処女の性奴隷として売られるためだけに、ただ身体をいじめられ続ける日々――そんな日々の中で見た昔の夢なんて、ただ恋しくて情けなくて、涙が出てしまうだけだった。

「……ん」

朝、アイネは目を覚ます。まだ、リュノアに買われてからたった四日――そんな短い時間だというのに、随分と彼とは距離を縮められた気がする。

目の前で眠っているリュノアの姿を見て、アイネは小さく笑みを浮かべた。

数年ぶりに会ったリュノアは何も変わっていなくて、けれどすごく強くなっていて……

それで、一緒にいると安心する。

昔の夢を見て、ただ普通に懐かしむことができる日が来るなんて、思いもしなかった。

「リュノア、もう朝――」

隣で眠る彼を起こそうとして、アイネは押し黙る。

今日は仕事もなく、休みだと言っていた。それなら、別に早く起こす必要もない。

アイネはそっと、ベッドに再び横になると、リュノアに寄り添うようにして眠る。……近くにいると、リュノアの匂いがする。

首輪の効果でもないのに、リュノアの近くで彼のことを考えていると……変な気持ちになる。

無理やり発情させられているのに、リュノアに触られると、今まで感じたことのないくらい気持ちがいい。それこそ、今までは気力で耐えてきたつもりなのに、リュノアの前だと耐えられない。

（もしかして、私って変態……なのかな）

そんなことすら考えてしまう――もしもアイネが、リュノアに対してそんな邪《よこしま》な気持ちを抱いていると知ったら、彼は軽蔑するだろうか。

優しいリュノアならきっとそんなことはない……そう思いながらも、自分の気持ちを知られることが怖かった。

だからこそ、遠回しにアイネはリュノアとの距離を近づけようとする。

お風呂に一緒に入ってみたり、マッサージをしてみたり――スキンシップを増やしたら、リュノアがその気になってくれるのではないか、と。

首輪の効果で発情させられたアイネに、ただ必要だから『行為』をするのではなく……アイネのことを求めてほしい。結局、そんなリュノアに甘えるような考えしかできない自分を、軽蔑もする。奴隷に堕ちた自分に今更、リュノアを好きになるような資格はあるのだろうか。

故に、アイネは少しでも役に立てるように努力する。そんなアイネをリュノアは守ってくれると言った――それが、彼の好意によるものなのか、純粋な優しさだけなのか……今のアイネには分からない。

優しさだけであったとしても、一緒にいられるのなら……アイネにとってはそれだけでも満足だった。

（でも、一緒にいられるなら、それでいい。それ以上は……望まないわ）

リュノアとこうしていられることに感謝をして、アイネは今日という日を生きていく。

＊＊＊

僕は定期的に、仕事のない日を作っている。その日に何か予定があるというわけではない――適当に町を歩いて終わることもあるし、一日ずっと剣の修行に費やすこともある。

今日はそんな休みの日だが、いつもと違うのはアイネがいるということだ。宿での朝食を終えて、僕はアイネと今日の予定について相談する。

「今日は特にすることも決めてないんだけど、アイネは何かしたいことはある？」

「私、休みの日は大体剣の修行をしてたけど……」

「あー、アイネらしいね……」

もちろん、僕もそれでも構わないのだが、朝から剣を振って一日を終えるのももったいない。

どこか出かけるでもいいし、休むならしっかり休んでもらいたい気持ちもある。アイネのしたいことがあればいいのだけれど。

「じゃあ、どっか行く？」

「！　そうだね、僕はそのつもりだったよ」

アイネの方から、そんな提案があった。僕も相槌を打つようにして、出かける方向へと話を進める。

アイネにもリフレッシュをする機会は必要だ。昨日の仕事で何かと負担もあっただろう。

「どこか行きたいところ――と言っても、王都はそんなに詳しくないか」

「そう、ね。行きたいところは別にないけど……リュノアはどこかないの？」

「僕？　僕は……そうだな。普段、休む時は適当に散歩する、くらいかな」

「じゃあ、歩きながら決めない？　いいところがあればそこに行きましょ」

「それがいいかもね。じゃあ、準備しようか」

お互いに特に予定を決めることなく出かける――それもありだろう。

準備を終えた僕とアイネは、目的を決めることなく町へと繰り出した。

王都となると――どこでも人通りは結構多い。それこそ、移動には馬車を使うくらいの広さがあるのだが、そもそもの人口が多いということもあるだろう。

大通りの流れに沿うようにしながら、二人で観光気分を楽しむことにする。

アイネも、少しは外を出歩くことに慣れたようだ。首輪のこともあって周囲の視線が気になっていた様子も、今は感じられない。

「リュノアは結構ここに来るんじゃないの？」

「まあ、仕事で来るだけで観光とかはしないかな。だから、あまり詳しくはないかもしれない」

「ふぅん……森の洞窟の場所とかには詳しいのに」

「それは仕事の関連だからね。そういう意味だと、王都の街並みより入り組んだ地下の迷路みたいな道の方が詳しいよ」

「ふふっ、何それ。あんたって仕事一筋って感じじゃないのに、発言は職人っぽい」

「そうかな。アイネだって、休みの日は剣ばかり振ってたんだろ？」

「私は……そうね。強くなりたかったし」

「君は十分に強いだろ」

「あんたに言われてもね」

正直な気持ちのつもりだったが、確かに今は僕とアイネでは僕の方が上だろう。

あくまで一対一の剣術での話だし、たとえばアイネは騎士として仕事をしてきた身だ
――騎士はどちらかと言えば、冒険者以上に複数名のチームでの行動を主軸にすると聞く。

そういう意味での強さもあるのだが――考えたところで、アイネはどちらかというと単独で動くタイプだという答えに辿り着く。

「でも、褒め言葉として受け取っておくわ」

僕がどう答えたものか悩んでいる間に、アイネがそんな風に付け加えて言う。元より褒め言葉のつもりだったので、そう受け取ってもらえた方が助かる。

「あ」

そんな時、ふとアイネが何かに気付いたように足を止める。

その視線の先にあったのは一軒のカフェ――僕もそちらの方に視線を向けて、問いかけ

る。

「あの店、知ってるの？」

「知ってるわけじゃないんだけど……大きなパフェがあるなって」

「パフェ？」

視線を下の方に移すと、看板に大きくパフェの宣伝があった。どうやら、『巨大パフェ』というのがそもそもの宣伝文句のようだ。

「せっかくだし行ってみようか」

「え、あのパフェ食べるの？」

「それは好みだと思うけど……まあ、少し休んでいく感じかな」

「ん、そうね。まあ、試しに行ってみましょうか」

そうして、僕とアイネはカフェに入店する。店の内装はとても整えられていて、綺麗に見える。窓際の空いている席に案内されて、二人で向かい合うように座った。

「……で、アイネはパフェを食べるの？」

「な、何でそうなるのよ」

「いや、甘い物も結構好きだったかなって」

あくまで僕の記憶の話だけれど、アイネの母がよく果物を使ったパイを作っていた。

それが、アイネの好物であった記憶がある。……割と、甘めのパイだったはずだ。

「まあ、嫌いじゃないけど……一人だとさすがに」

「じゃあ、僕と分けて食べればいいよ」

「甘い物苦手じゃなかったっけ？」

「そんなことないよ。あまり食べないだけ」

「それを苦手って言うんじゃないの？」

「食べないだけだって。あ、すみません。このパフェとコーヒー一つで」

「ちょ、勝手に……！」

アイネは少し怒るような表情を見せたが、そのまま押し黙る。やはり、興味を持ったからには食べたかったのは事実なようだ。

追加でアイネの飲み物も注文して、パフェが来るのを待つ。先に注文したコーヒーが運ばれてきたので、僕は外の街並みを眺めながら、それを口に運ぶ。

「……甘いの入れてない」

「ん？　ああ、これから甘い物を食べるからね」

「別に、私に合わせなくてもよかったのに」

「合わせてないよ。アイネが食べたかったのなら、遠慮してほしくなかっただけで」

「……た、食べたくないって言ったら嘘になるけど、あの量食べたいっていうのは、その……恥ずかしい、でしょ」

どうやら、アイネが言葉を濁していたのはそういう理由があったようだ。

別に分けて食べる分には恥ずかしい量でもないと思うが、アイネの口ぶりからすると、あの量を一人で食べたかったらしい。

そんなアイネの様子を見て、思わず笑ってしまう。

「な、何よ」

「いや……そんなこと気にするんだなって」

「き、気にするわよ。大食いだって思われたくないし」

「食べられるならそれに越したことはないよ。僕も君も身体を動かす仕事をしているんだ――甘い物はエネルギーになるからね」

「……なんか、上から目線って感じがするのよね。大人の余裕っていうか。私の方が年上なのに……」

アイネが不服そうに言う。年上と言っても一歳差だ――それこそ、気にするほどのレベルではない。

そんな風に話していると、

「お待たせしましたー」

店員が大きなパフェを持ってきてテーブルの上に置く。

生クリームや小麦を使ったクッキーなどが敷き詰められ、さらには果物が数種類ちりばめられている。正面から見ると、アイネの顔が隠れるくらいの大きさがあった——まさに、巨大パフェというだけはあるだろう。

フォークが二つ刺さっているのは、僕も食べることを想定しているのだろう。

アイネが僕の方にもパフェを寄せるようにしながら、

「……あんたも食べてよね」

「これが飲み終わったらね。先に食べなよ」

「ん、いただきます」

アイネがフォークでクリームを掬《すく》いながら、クッキーや果物を頬張る。食べた途端に、アイネの表情が緩む。

そんなアイネを見ていると、僕は思わずくすりと笑ってしまう。

アイネがハッとした表情を浮かべて、睨むような視線を送る。彼女が再びフォークでパフェを掬うと、身を乗り出して僕の口元まで持ってきた。

「あんたも食べれば分かるわよ」

「コーヒー飲み終わってからだって言ったのに」

「いいからっ」

僕は仕方なく、差し出されたパフェを食べる。見た目通り……物凄く甘い。アイネがじっと見つめてくるが、僕は素直に感想を述べる。

「甘いね」

「……見れば分かる感想じゃない」

「僕に何を期待してるのさ」

「……別に。あんたはもう食べたんだから、無理にパフェ食べなくてもいいから」

僕に気を遣っているのか、それともパフェを一人で食べたいのか分からないが、アイネが席に戻ると再びパフェを食べようとして、

「……っ」

「どうしたの？」

「何でもない！」

何かを思い出したように躊躇《ためら》っていたが、すぐにパフェを食べ始める。そして、同じように表情が緩んでいた。

結局、ほとんど一人でパフェを食べきった満足そうなアイネと共に、店を出る。

「次はどこ行こうか？」

「そうね……身体を動かせるところがいいわ」

「身体か……それなら、公園辺りがいいかもね」

「近くにあるの？」

「大通りを抜けたところにね。じゃあ、そっちに行ってみようか」

巨大パフェを食べきったからだということが分かる目的であったが、そこには言及することはしない。二人で次の目的地に向かう――その途中、

「……っ」

「！　アイネ、大丈夫？」

「んっ、大、丈夫……」

アイネの呼吸が少し荒くなる。今日は少し早い時間だが、『発情』のタイミングがきたらしい。

僕はすぐにアイネの身体を支えると、人通りのない路地裏の方へと向かう。これなら、もう少しカフェでゆっくりしていた方がよかったかもしれない。

「こ、ここは、んっ、人が……」

「いや、近くに気配はないよ。それとも、一度宿の方に戻る？」

僕ならアイネを抱えて戻ることくらい難しくはない。アイネが少しだけ悩んだ表情を見せたが、

「ここ、でっ、いい……」

そう、途切れ途切れに答えた。

やはり、一刻も早く発情の状態を治めた方が、アイネにとって負担が少ないのかもしれない。

僕が彼女の身体を支えると、アイネも下着に手を伸ばして——

「！　アイネ！」

「ふぇ……!?」

アイネの身体を抱えて、その場から跳躍する。直後、僕達のいた足元から、ずるりと大きな『岩の手』が姿を現した。

岩の手はグッと何かを掴むような動きを見せるが、そこにはすでに僕とアイネはいない。

だが、その手が狙っているのが——僕とアイネであることは明白であった。

「な、なに……が?」

「アイネ、すまないが少し我慢していてくれ——何者だ。昨日も、僕の近くにいたな」

僕は岩の手に対して問いかけた。隠れてはいるが、すぐ近くにいることは分かっている。

　すると、岩の手が溶けるように地面へと消えていく。代わりに姿を現したのは、巨躯の男。ローブに身を包んでいるが、人間にしてはあまりにサイズが大きい。

　だが、僕はその姿に見覚えがあった。丁度、僕の受けた依頼の一つであり、近々の目的でもあったのだから。

「避《よ》けられた。完全に隙、づいたのに」

「まさか、そちらから姿を現すとはね。特徴とも一致する――『ラベイラ帝国』の魔導師か」

「……っ!? て、帝国って、どういう……？」

　僕の言葉に、アイネが驚いた反応を見せる。彼女には、帝国の魔導師のことは話していない。余計な心配事を増やすつもりはなかったのだが、こうなってしまった以上は仕方ない。

　僕はアイネに諭すように声を掛ける。

「説明は後だ。君は暴れないように」

「だ、ダメよ……んっ、わ、私が足手まといになー」

「ならない。君を抱えたままでも問題ない」

　アイネの言葉を遮って、僕は言い切った。彼女を連れたままでも問題ない――それは、今から僕が証明することだ。

「ドミロの言った通りだ。その女、大事にしてる。それが、お前の弱点」

巨躯の男が僕を指差して言い放つ。弱点ということは、どうやら少し前から僕とアイネのことを狙っていたようだ。

昨日、ディルを倒した場所で感じた気配は、もしかしたらこの男なのかもしれない。

どういう意図があるのか分からないが、少なくともアイネを奴隷にして売ったにも拘《かか》わらず、彼女を狙っている者がいるということは分かった。――それだけ分かれば、十分だ。

「リュ、ノア――」

僕の顔を見て、アイネがびくりと身体を震わせる。咄嗟《とっさ》に、彼女の視線を遮るように手をかざして、

「大丈夫。少しだけ、目を瞑っていてくれる？」

僕はまた、そうお願いをする。今の僕は、アイネを怖がらせてしまうような表情をしているらしい。アイネの腰に手を回して支え、僕は腰に下げた剣に手をかける。

そうして、僕は目の前に現れた敵と対峙した。相対した男との距離を測りながら、静かに男を見据える。

数メートルほどの距離。僕なら一歩踏み出せば間合いに入ることはできるが、気になる

のは男の身体。おそらく、岩や砂の鎧を着ているような状態なのだろう――大きすぎる手を地面につくと、小さく地鳴りが起こる。

路地裏では、その巨体で動くにはギリギリのように見えるが、攻撃の方法を見るに、場所による不利は存在しないと考えていいだろう。

実際、僕を攻撃しようとしたのは足元から現れた岩の手だ。

「リュノア……わ、私は、大丈夫だから、置いて、戦って……っ」

僕の言葉に従い目を瞑りながらも、アイネがそんなことを口にする。

敵の発言から狙いはアイネにある。それが分かっていて離したりはしないし、今の状態のアイネから離れる理由もない。

「アイネは心配性だね」

「だって……んっ」

僕の言葉に答えようとするアイネは、少し苦しそうに見えた。

今の状態のまま、いつまでも彼女を待たせるわけにはいかない。

「大丈夫だよ、少し君に負担をかけるけれど……すぐに終わらせるさ」

「それ、オレの台詞《せりふ》」

僕の言葉に対して男がそう言い放つと、ズズズッと身体が地面へと沈んでいく。先ほども突然地面の中から姿を現した——使う魔法は間違いなく、『地属性』の魔法だ。

魔法は、肉体や地面——あるいは空中に『魔法紋』を刻むことで、発動することができる。肉体に刻めば発動に時間はかからないが、その分切り替えに時間がかかる。

男の魔法を見るに、『地属性の操作系』魔法を、自らの身体に付与しているのだろう。

姿を消すと同時に、僕の足元が再びぐにゃりと歪《ゆが》みを見せる。同じように地面を蹴って後方へと飛ぶ——その着地点もまた、地面が蠢《うごめ》いていた。

すぐ近くの壁を蹴って、別の場所に降り立つ。

すると、地面から再び大きな岩の手が現れて、僕の下へと迫ってきた。

「ふっ——」

呼吸と共に、一閃。縦に振るった剣が、大きな岩の手を切断する。真っ二つに割れた手は、そのままパラパラと砕け散っていく。続けざまに、周囲から次々と大きな手が現れるが——僕のやることは変わらない。

迫り来る手を剣で切断し、足元から攻撃が来ようとすればそれを回避する。

地面の中にいる限りは僕の剣は届かないと思っているのだろう。確かに、それは間違いではない。

剣で戦う以上、離れた敵と戦うには僕も近づいて斬る必要がある。僕一人でなら、他にもやりようはあるが、今はアイネもいる。

僕が無茶な動きをすることができない——そう、相手は考えているのだろう。

だからこそ、姿を隠してひたすらに岩の手を僕に仕掛けてくるのだ。

だが、『攻撃が届かない』という意味では、相手も同じことだ。

地面から岩の手が姿を現せば、僕は跳躍してその場から離れる。当然、岩の手は僕を追いかけてくるが、すれ違い様に切断すると、岩の手は崩れ去っていく。

僕に決め手はないが、男の仕掛ける攻撃では、僕を仕留めることはできない。

「ふっ、うっ、んっ……」

アイネの呻くような声が耳に届く。あまり時間をかけるつもりもない——ここは、僕も勝負に出るか。

再び迫った岩の手を全て斬り伏せて、僕は周囲に視線を送りながら言い放つ。

「無駄なことだね。この程度の攻撃——たとえ百回続けようと、千回続けようと、僕に届くことはない。君の魔力が先に尽きて、それで終《しま》いだろう。それとも、この程度の魔法で僕を仕留めるつもりか？」

隠れる男に対して、僕ははっきりと言い放った。

このまま続けたところで、僕を仕留めることができないのは相手も分かっていることだろう。

　だからこそ、あえて挑発する言葉を投げた。

「……」

　答えは返ってこない――だが、静寂が意味するのは僕の挑発に敵が乗ったということだ。おそらく、地面の底に隠れたまま、僕の隙を窺っているのだろう。

　だが、それではお互いの利害は一致しない。仕掛けてこないのであれば、僕はここから逃げるという選択肢だってあるのだから。

　僕に逃げられる可能性がある、ということは男にとっては避けたい事態だろう。だから、静寂の中で――僕の背後から姿を現したのだ。

「――」

　振り向き様に一閃。交差するように男の放った巨腕の一撃と、僕の剣が交わる。

　大きな腕を切り裂いて、続けざまに一撃。僕の剣が、巨体の中にある男の『本体』にまで届いた。

「ぬ、ぐぅ……!?」

　苦痛に歪む男の声。もう片方の腕を振り回すが、それも斬り飛ばして、僕は男の身体の上に立つ。

岩の装甲に剣を突き立てると、ピタリと男の首筋で剣を止めた。あとほんの少し力を入れるだけで、殺すことはできる。

「言っただろう。『無駄なこと』だと」

この男からは何故、アイネを狙うのかも聞き出さなければならない。それに、帝国の魔導師は二人組だったはずだ。もう一人がどこにいるかも、聞いておかなければ。

「ぐぅ、ふっ、ふぅ……」

息を荒くして、男が視線だけをこちらに送ってきた。

僕の隙を窺《うかが》うつもりなのかもしれないが、この距離ならば何が起ころうと、男を仕留めることは難しくはない。

「いくつか質問させてもらおう。君の名前は?」

「……オレは、グレマレフ」

「グレマレフ、か。君は帝国の魔導師だね?」

「ぐ、ふ、そんなごと、聞いてどう――」

「質問にだけ答えろ。無駄な問答をするつもりはない」

男――グレマレフの首筋に剣を押し当てる。

グレマレフは、少し怯えたような声を漏らした。これならば、僕の質問にも答えてくれそうだ。

「……もう一人、君には仲間がいるはずだ。そいつはどこにいる？」

リュノアが問いかけると、グレマレフは視線を泳がせながらも、ゆっくりとした口調で答える。

「知らない。けど、オレ、これで作戦通り」

「……なんだって？」

「お前、この女守ろうとする。だから、あとはドミロが何とかしてくれる」

「何を――ッ！」

そこで、僕はグレマレフの巨体に流れる魔力に気付く。彼ではなく、別の誰かが――大きな魔法を発動させようとしていることに。

「あれ、ドミロ……これ、オレも死――」

グレマレフの声が途切れ――大きな光が周囲を包み込む。僕は咄嗟にアイネを庇《かば》いながら、その場からすぐに飛び退《の》く。直後、周囲は大きな爆風に包まれた。

第五章

アイネは身体《からだ》を投げ出されて、地面を転がっていく。

大きな爆発音はあったが、アイネの身体にほとんど衝撃はなかった。

『発情』して思うように力の入らないまま、アイネは何とか身体を起こそうとする。

リュノアが戦いになると『目を瞑《つむ》れ』と言う――それはきっと、彼自身が自分の姿を見せたくないからなのだろう。

だが、今はその言葉に従っている場合ではない。アイネはすぐに、リュノアの姿を確認する。

爆発の影響でいくつか建物が吹き飛んでいる――あちこちから悲鳴が聞こえて、逃げる人々もいる中、リュノアはそこにいた。

「リュ、ノア……！」

何とか声を絞り出して、名を呼んだ。アイネに背を向けるようにしながら真っ直ぐ立つ彼を見て、アイネは安堵する。

そんなリュノアの前に立つのは、一人の男。帽子を目深に被り、黒いスーツに身を包んでいる。優しげな笑みを浮かべながら、リュノアとアイネを見て言う。

「いやいや、グレマレフは随分と役立ってくれましたね。彼と組む意味はやはり、こういう利用ができるところにあるでしょう。自らを犠牲にして、あなたにそれほどのダメージを与えることができた」

「……君がそうしたんだろ。仲間を魔法攻撃に巻き込むなんて」

「その成果は十分にありましたよぉ？」

「リュノア……どういうこと？」

話しかけても、リュノアが振り返ろうとしない。

まるでアイネに対して何かを隠すようだった。ポタリ、と赤い滴《しずく》が垂れているのが視界に入り、アイネは必死に身体を起こしてリュノアへと近寄ろうとする。

身体の発情の状態など気にしている場合ではない――嫌な予感がして、アイネはただリュノアに声をかける。

「こっち、見てよ……！」

焦燥に駆られながら、アイネは前に立つリュノアへとすがり寄る。

リュノアはそれでも前を向いたまま、アイネに優しく声をかける。

「アイネ……君は心配せずにそこで待っていてくれ。すぐに片を――」

「できるわけ、ないでしょっ！」

震える身体で、剣を支えにアイネは立つ。

リュノアの肩を引き、ちらりと見えたその傷に――言葉を失った。身体のあちこちには裂傷と、抉《えぐ》られるように岩石が突き刺さっている。

それ以上に深刻なのは両目――出血が涙のようになって、両方から流れ出している。

……今のリュノアは、両目が見えていないのだ。

「う、そ……」

血の気が引いていく。一緒にいたアイネが怪《け》我《が》をしていないのは、リュノアが庇《かば》ってくれたからだ――すぐにそれが理解できる。

「……余計な心配させるつもりはなかったんだよ」

「心配、させるつもりはないって……そんな、怪我、して……」

声が震える。

アイネには、どうしたらいいのか分からない。そんな二人の前に、男が近づいてくる。

「両目を失った死にかけの剣士に、満足に動くことすらできない奴隷……ふふっ、私一人でも事足りてしまいますねぇ。おっと、申し遅れました。私はドミロと申します。以後お

見知りおきを……と言っても、その必要もないかもしれませんねぇ」

礼儀正しく、男――ドミロが会釈する。理由は分からないが、先ほど爆発に巻き込まれたグレマレフと二人でアイネのことを狙っている。

アイネはすぐに、リュノアの前に立った。

「どういう、つもり……!? 何で、私を……?」

「そうですねぇ。あなたには知る権利はあるかもしれませんねぇ。何せ、その首輪はあなたが着けているのだから」

「首、輪……?」

ドミロが指差したのはアイネの首元。アイネは首輪に触れる――冷たい、鉄のようなものでできたそれは、今もアイネを苦しめるためだけの存在だ。

この首輪に、何の価値があるというのか。

アイネには分からないが、ドミロはそれを見て、不敵に笑う。

「ふふっ、それは特殊な封印具の一つでしてね……。私達が欲しているのはその首輪の中身なのでしてぇ、そもそも首輪を着けられる器を探していたんですよぉ」

「な、何を言っている、の？」

アイネには、ドミロの言っていることがすぐに理解できなかった。

だが、少なくともアイネの首輪には狙うだけの価値があり――同時にアイネにそれを着けた理由が、その中身を取り出すためであることが分かってくる。

「ふふっ、その首輪を着けることができるだけで価値があるんですよ。後は経過を見るだけでしてぇ……売られた先がまさかSランクの冒険者相手だとは思いませんでしたが、無事にあなたを回収できそうです」

「回、収……？」

「ええ、特に変化もなければ、その首を飛ばして首輪だけ回収させていただく予定でしてぇ。一先《ひとま》ず、私と来てもらってもいいですか？」

にやりと笑みを浮かべて、ドミロがまた一歩近づいてくる。アイネはリュノアを庇うようにして、一歩後ろに下がった。そんなアイネに対し、

「君が素直に来てくれるのなら、彼については見逃しても構いませんよ？」

そう、ドミロが言い放つ。

「……！」

その提案が、本当であるとは思えなかった。

けれど、今のアイネは満足に戦うこともできない。リュノアも両目を失って――立っているのもやっとの状態だ。そんなリュノアに頼ることなど、アイネにはできるはずもない。

「アイネ……奴の話は聞くな」

リュノアが口を開く。アイネを守ろうとして、後ろに下がらせようとする。

今の状態でも、リュノアは迷うことなくアイネの身の安全を優先しようとしてくれている――けれど、アイネはそれに抵抗した。必死の力で、アイネはリュノアの前に立つ。

「アイネ……？」

「バカ、言わない、でよ。そんな状態で、どうするつもりなのよ……」

「戦うよ、僕は」

「ふざけないでよっ！」

アイネは声を荒らげた。リュノアが驚いた表情を見せる。

火照《ほて》った身体のことなど、今はどうでもいい。アイネにとっては、ただリュノアのことを心配する気持ちしかなかった。

「今のあんたを、戦わせられるわけないじゃないっ！　私を守って、怪我してっ！　私……私が……！　私さえ、いなかったら……！」

アイネはそんな自己嫌悪に陥る。リュノアと再会したとき、初めの頃はこんな姿は見られたくないという気持ちしかなかった。けれど、そんなアイネにリュノアは優しくしてくれた――昔と変わらずに、昔よりも強くなって。そんなリュノアに、アイネも頼ってしまった。

一緒にいられるだけでいいと、高望みをしてしまったのだ。奴隷である自分には、そんな望みすら大きかったというのに。

「私が、一緒にいけば……リュノアは見逃してくれるのよね?」

「ええ、もちろんですとも。瀕死の男に興味などありませんよ」

アイネは剣を支えにして、リュノアの下《もと》から離れようとする。だが、リュノアはアイネの腕を掴み、離さない。

「……離して」

「アイネ」

「離してよっ!」

「アイネ、聞いてくれ」

「いいから離し――」

「アイネッ!」

リュノアがアイネの身体を引いて、両肩を掴む。未だに出血の治まらない身体のままで、リュノアはそれでも優しげな表情を浮かべて言う。

「話は聞いていたはずだ。奴は、君の命も簡単に奪うつもりだ」

「別に、いい」

「いいことなんてあるか。僕は、君を守ると言った。これはそのために受けた傷だ」

リュノアのその言葉は、アイネの心に突き刺さるものであった。自分を守るために、リュノアはこんな怪我をしたのだから。

「そんなの……私は望んでない、わよ。あんたにそんな怪我……してほしくない」

「うん、それは謝るよ。でも、だから……僕の傍《そば》にいてほしい。そうでないと、僕が君を何のために守ったか分からなくなる」

「そんなこと、言われたって……」

アイネには、どうしたらいいのか分からなかった。一緒にいたい気持ちは、アイネにだって当然ある。けれど、それを口にすることは許されない。

困惑した様子を見せるアイネに対して、リュノアは優しい口調で言う。

「……そうだね。僕は君にひどいことを言っているかもしれない。それでも、僕は君を守ると誓った。誰にでもない……僕自身に、だ。けれど、それが間違いだったのかもしれない――だから、今ここで君に誓うよ。僕が君を守る。この命に代えることもしない。必ず生きて、君を守ると誓う。だから、僕を信じろ」

「……っ」

アイネはリュノアの気持ちに応えることができない。リュノアがそこまで言ってくれているのに、それに応えるということは――今のアイネにとって、さらにリュノアを傷付けることになるとしか思えなかったからだ。

「やだ、嫌なの……リュノアがこれ以上傷付くのは……なのに、リュノアのことは信じたい。私は、どうしたらいいの……？」

すがるように、アイネは言う。リュノアの表情は変わらない。優しく、宥《なだ》めるようにアイネに触れる。

「なら、今度は見ていてほしい」

答えを求めるアイネに対して、リュノアはそんな風に切り出した。

「……見る？」

「ああ、僕が戦う姿を君に、見ていてほしいんだ。それを証明とするよ――僕に、君を守る力があるということを」

リュノアがアイネをそっと座らせて、再びドミロと向かい合った。

止めなければ、リュノアはこれから両目の見えない、満身創痍の状態で敵と戦うことになる。

それなのに、アイネは動けずにいた。リュノアが『戦う姿を見ていてほしい』と言ったからだ。リュノアの覚悟が、アイネに届いたのだ。

そんなリュノアの姿を見て、ドミロが呆れたように嘆息する。

「なんですかぁ、結局『やる』んですねぇ。待って損しましたよ」

すでにいつ倒れてもおかしくないような状態のリュノアなど、ドミロにとっては敵ですらないのだろう。彼からは、圧倒的な余裕が感じられた。

「ああ、少し待たせたね。だが、君は別に待っていたわけでもないだろう？　元から、僕を殺すつもりだったのだから」

リュノアははっきりと、そう言い放つ。どこまでも、力強い言葉であった。

「おやおや、信用ありませんねぇ」

「当然だろう。けれど感謝してほしい――君の寿命がその分、ほんの少しだけ延びただろ？」

リュノアが挑発するように、そんな言葉を口にする。

ドミロは楽しそうに、口元を歪《ゆが》めて笑った。

「ふ――ははは！　面白い冗談を言う方ですねぇ。もしかして、本当にこの私に勝てると思っているのですか？」

「ああ、必ず勝つと彼女に約束した」

「くっ、ふふ……これは傑作ですねぇ。そのような状態で、私に勝つ、と。しかし、随分と私も舐められたものですねぇ。ところで、どうやって私に勝つつもりでしょう？　目も見えていないというのに！」

ドミロが懐から取り出したのは、一つのボール。そこに刻まれた魔法は、おそらく先ほどと同じように『爆発する』魔法だ。

目の見えていないリュノアの前に、それを放り投げる。

「リュノア！」

アイネは彼の名を叫ぶ。

今の状態では、軽く投げられたボールすら、分からない状態のはずだ。

そう、ドミロだけでなく、アイネも思っていた。

リュノアは、目の前に投げられたボールを斬る――目の見えない状態で迷うことなく、発生した爆風さえも切り刻む。

無傷のまま、剣先をドミロに向けた。

「……は？」

驚きの表情を浮かべて、ドミロがその光景を見た。アイネも同じだ。まるで両目が見えているかのように、リュノアは真っ直ぐドミロと向かい合い、剣を構える。

「僕は『二代目剣聖』なんて呼ばれている。はっきり言って、そんな称号に興味はない……けれど、僕がそう呼ばれているのは、ただの噂なんかじゃない。――目を奪った程度で、僕に勝てると思うな」

アイネの前で、リュノアがはっきりとそう宣言する。

アイネはそんなリュノアの背中を見守る。彼が約束したのだから、アイネもその約束に応じるために、その戦いを見届けようとしていた。

＊＊＊

剣を握る感覚はある。匂いも感じるし、音も聞こえる。――それなら、僕は戦える。敵のいる場所が感覚で分かる。

暗闇の中での戦いだって、経験したことは何度もあった。冒険者をしていればよくあることで、僕は暗闇の中でも戦えるように修行を重ねたのだ。

身体が動く限り、僕は戦うことができる。後ろにいるアイネを、守るために戦える。

剣を構え、僕は男――ドミロの方へと向けた。

彼の言葉は聞いている。アイネのことを利用して、何かを企んでいるということ。そのために首輪を着けられて、アイネが苦しむことになっているということ。すでにやるべきことは決まった――アイネを守るために、僕はこの男を斬る。

「――」

地面を踏みしめて、僕はドミロとの距離を詰めた。目が見えなくても、彼との距離は分かっている。

ドミロもそれに反応するように、後方へと下がった。僕はさらに地面を蹴って加速する。ドミロの動きは、明らかに僕から逃げて距離を取ろうとしている。ある程度離れることができれば、僕が彼を見失うと考えているのだろう。

実際、それは間違った判断ではない。

僕はドミロを見失わないために、彼を逃がすわけにはいかなかった。

「くくっ、必死ですねぇ。先ほどは少しばかり驚かされましたが、その動きを見るに、相当無理をしているのでは?」

「ああ、無理はしているさ。けれど、君を倒す程度なら何の問題もない」

言葉と共に、僕は大きく一歩踏み出した。

「っ！」

ドミロが驚いているのが伝わってくる。彼との距離を瞬時に詰めて、僕は剣を振るった。

虚空を斬る音が耳に届く——だが、わずかに剣先が『何か』を掠めた感覚がある。

おそらくは、ドミロの服をわずかに斬ったのだろう。

「見えなくても戦える、というのは嘘ではないようですねぇ。なら……これならどうです!?」

ドミロがばらまいたのは、先ほど爆発を起こしたボール——彼の基本的な攻撃方法が、『爆発』を司《つかさど》る魔法だということが分かる。物や身体に『魔法紋』を刻んで、爆発の効果を生み出している。

それさえ分かってしまえば、とても単純だ。ばらまかれたボールの間を縫うようにしてかわし、その爆風すらも加速に使う。

再び、ドミロとの間合いを詰めた。

「……！」

ドミロはすぐ近くに僕が迫っているというのに、ボールを放とうとしない。その理由も、僕には理解できる。

「この距離だと、さっきみたいに大きな爆発は使えないか？　君自身が巻き込まれることになるからね。けれど、人間一人を殺すくらいの小さな爆発じゃ、僕を殺すことはできないよ」

至近距離で、剣を振るう。今度は確実な手応えがあった——斬り飛ばしたのは、ドミロの左腕。

「ぐぅ、ぬっ……確かに、巻き込まれることを恐れていてはいけませんね！」

ドミロがその左腕を掴み、僕の方へと放り投げる。左腕を爆発させるつもりか——だが、その程度ならば避《よ》ける必要もない。

左腕を突き刺して、軌道を横に逸らす。爆風は、僕を避けるようにして後方へと流れていった。

「なっ……!?」

ドミロが驚愕に満ちた声を上げる。自らの腕を犠牲にした攻撃すら、簡単に受け流されたことに驚いているのだろう。

すでに、僕が彼の腕を斬り飛ばすことができた時点で、この戦いは決着している。

「やはり、自分の方に爆風がいかないようにしていたね。腕を犠牲にする判断はできても、君は自らの命を危険に晒す判断ができない。利用することしか考えていない、弱い人間だ」

ピタリ、とドミロの首元に剣先を当てる。お互いに動きが止まり、向き合う形となった。

この状態ならば、いつでも僕は彼の首を刎《は》ねることができる。

「これで詰みだ。言っただろう？　君を倒すだけなら、この程度のハンデは問題にならない」

「……本当に、驚きましたねぇ。まさか、瀕死の剣士に追い詰められることになるとは」

「あるいは君が、自分を犠牲にする覚悟を持って戦っていたのなら、少しは違う戦いになったかもしれないね。けれど、どのみち勝つのは僕だ」

「大した自信ですねぇ。ところで……私をすぐに殺さないのは、聞きたいことがあるから、ですか？」

「ああ、聞きたいことはある」

ドミロの狙いはアイネの首輪だった。奴隷堕ちさせられて、売られることになったアイネを、何故わざわざ追いかけてきたのか。

そもそも、あの首輪に何が隠されているのか……確認すべきことは、たくさんある。

ドミロは僕の言葉を聞いて、わずかに笑みを浮かべた。

「ふふっ、そうですか。ですが――」

「心配しなくていい。今回はアイネを待たせてるし、僕は君を許すつもりはない――今すぐに斬る」

ドミロの言葉を遮り、一閃。その首を刎ね飛ばし、僕はさらに彼の身体に対して一撃を加える。最後に、ドミロが自らの身体を爆弾化しようとしていることは分かった——敗北を認めて初めてその手に出たのだ。

だからこそ、それが魔法として完成する前に、ドミロの身体を斬り伏せる。彼の体内に集まっていた魔力が霧散していくのが分かる。

物言わぬ死体となったドミロの身体が地面に転がり、僕は小さく息を吐き出した。剣を鞘に納めて、後ろで待つアイネの下へと戻る。

彼女の表情を窺《うかが》うことはできないが、僕は努めて平静に言う。

「ほら、言った通りになっただろ?」

「……私なんかのために、こんな無茶、して……」

「自分を卑下しないでくれ。僕は君を守るために戦うと言っただろ。この程度、無茶でも何でもないさ。それより、まずは君の『発情』を——」

「そ、そんなことは、後でいいっ、から……早く、病院にっ!」

アイネも立っているのがやっとのはずだ。けれど、必死に僕の身体を支えて、病院に連れていこうとする。

確かに、僕の限界も近い。ここはアイネの言葉に甘えさせてもらうとしよう。

僕はアイネに支えられながら、その場を後にする。本当なら事情の説明のために残った方がいいのかもしれないけれど、今はこの怪我を何とかして、アイネの『発情』を治めなければならない。

一先ず、アイネに迫った危機――『帝国の魔導師』を打ち倒すことに成功したが、アイネの首輪にも彼らが狙う何かがある……その事実もまた、把握することができた。

＊＊＊

『レジステア大病院』では日頃、多くの怪我人や病人が治療を受けている。僕も何度か利用させてもらったことはあるが、入院することになったのは初めてだった。

幸いにも、両目とも完全に潰れたわけではなく、右目の方はすでに見えるようになっている。左目の方は少し時間がかかるようで、今は包帯で覆われていた。

肉体的な怪我についても、命に別状のあるようなものはない――治療を終えて、僕が入院予定の病室に戻ると、アイネが椅子に座って待っていた。

俯いたまま、視線を僕の方に向けることもなくただ沈黙している。

僕は小さくため息をついて、ベッドに腰かける。『Sランク』冒険者の扱いというべきか、特に頼んでもいないのに個室での入院だった。だが、この方が正直都合は良い。

「アイネ、こっちに来られる？」

「……大丈夫、だから」

僕が何をするつもりなのか、アイネも分かっているのだろう。

僕の言葉にそう答えて、拒絶するような仕草を見せる。先ほどからずっと、アイネは耐えているはずだ。僕が治療を受けている間も、彼女はただひたすらに、『発情』を続けている。

これぱかりは、彼女の意思ではどうしようもないことだろう。そして、それは僕が治めなければならないものだ。

「いいから、こっちに」

「今日は、いいっ。私、耐えられる、から……」

か細い声で、身体を震わせながら言う――その言葉にはまるで説得力がない。けれど、アイネが僕のことを心配していることはよく伝わってきた。……同時に、遠慮しているのだろう。

まだ僕が怪我をしたのは自分のせいだと、責めているのかもしれない。

「僕が心配なんだよ。君がそのままだと、安心して休めないかな」

「……っ、そういう言い方、ずるい」

「ははっ、どのみち、君が心配するような怪我じゃないってことさ」

「怪我の程度の問題じゃ、ない……っ。私のせいで、リュノアが――」

「アイネ」

僕は言葉を遮るように、彼女の名を呼ぶ。できるだけ諭すように、けれど……口調は少し強めだったかもしれない。

しばしの沈黙の後、アイネがゆっくりと僕の下へとやってきて、隣に腰かける。視線はこちらに向けないままだ。

僕は確認するように、アイネのスカートに手をかける。

「や、やっぱり、今は……」

「大丈夫だから」

「あ――」

ピラリとスカートをめくりあげると、アイネの愛液で濡れた下着が目に入る。彼女の秘部が、透けて見えるほどに濡れていた。

アイネがバッとスカートを押さえて、

「ち、違うの。我慢はしたんだけど、やっぱり、できなくて……っ。私、こんな時でも、濡らしてる、なんて……！　リュノアに、軽蔑されたく、なくて……」

絞り出すように、そんなことを口にする。

僕は思わずため息をつく――やはり、彼女が気にしているのはそんなことだ。

「僕が、このくらいことで君を軽蔑すると思っているのか？　その方が少しショックだけどね」

「そ、そうじゃないの！　リュノアが、そんな人じゃないって知ってるっ！　けど……」

アイネが言葉を詰まらせる。僕はそんなアイネの手を取って、微笑みかける。

ようやく、アイネが僕の方を見てくれた。

「リュノア……？」

「うん、言いたいことは分かるよ。でも、僕はそんな理由で君を嫌ったりなんかしない。むしろ、謝るのは僕の方だ。もっと上手く立ち回れば、君に余計な心配をさせることはなかったのに。正直、君の前では常に見栄を張りたいと思うところもあったよ」

「そう、なの？」

「ああ。君は、そんな僕を軽蔑するかな？」

「っ、け、軽蔑なんかしないっ！　私、リュノアのこと、好きだから――あっ」

ぎゅっと僕の手を掴んで、アイネがはっきりと言い放った。そこまで言い切った彼女の動揺がすぐに見て取れる。

僕も、彼女にそこまで言わせるつもりはなかった。

「……ごめん」

「あ、う……そ、そうよね。こんなこと、言われても迷惑――」

「い、いや、そうじゃない。君に言わせてしまったことに対しての謝罪だ。こういうことは、その……男の僕から言うべきことだと思ってね」

「……え？」

視線を逸らしたアイネが、再び僕の方を見る。今にも泣き出しそうだった彼女に対して、僕は小さく息を吐いて、緊張を解《ほぐ》すように続ける。

「僕も、君のことが好きだ。その、たぶん、ずっと前からだと思う。正直言うと、恋愛感情というのがよく分からなくてね。でも、君を守りたい気持ちは本当だ――だから、僕も君のことが好きなんだと思う」

「思うって、何よ。私は、好きだって言いきれる、もん」

「ははっ、そういう意味だと、やっぱり格好悪いかな」

「ううん。私から見れば、ずっと格好良かったよ――」

その言葉と共にアイネが身を乗り出す。唇と唇が触れ合って、すぐに離れる。

顔を真っ赤にしたまま、アイネがバランスを崩しそうになる。力の入らない身体で、随分と無理をしていた。

「……アイネからしてくれたのは初めてだね」

「い、今のタイミングならいいかなって……ダメ、だった？」

「いや、すごく嬉しいよ。ただ、アイネももう限界だろ？　そろそろ、触るよ」

「ま、待って」

アイネの秘部に触れようとすると、彼女は僕の手を掴んでそれを制止する。まだ、彼女の中で何か引っかかっていることがあるのだろうか。

アイネが視線を泳がせながら、何か言いたげな表情を見せる。それでも、言っていいものかと悩んでいるようだった。

思わず、僕はアイネに問いかける。

「……どうしたの？」

「わ、私……こんな時に、言うのもどうかと思うんだけど、その……」

「遠慮なんかしないでくれ。今の君をそのままにしておく方が不安だって」

「っ、リュノアの、怪我はもう……大丈夫、なの？」

「ああ、入院だって大袈裟《おおげさ》なくらいだよ。これよりもっとひどい怪我だってしたことある。こんなの、怪我のうちに入らないさ」

身体の痛みだって今はほとんど感じない。アイネが不安に感じていることが怪我のことなら、心配する必要なんてなかった。

僕の答えを聞いて、アイネはそれでも迷いながら、消え入りそうな声で言う。

「なら……リュノア、とっ、したい」

「何をしたいって？」

「だからっ、リュノアと、セ……セック……」

「……？　僕と何がしたいのさ？　聞こえないって」

「……っ、な、何でもな――」

誤魔化そうとするアイネのことを、不意に押し倒す。

突然のことで、呆然とした表情を見せるアイネに対して、僕は優しく微笑みかける。

「僕とセックスしたいって聞こえたんだけど……違うのかな？」

「っ！　き、聞こえてたんじゃないのっ！」

「ははっ、ごめん。アイネの恥ずかしがってる姿がね。やっぱり可愛く見えるから」

「そ、そういうことも言わないでよ……！　今は、怪我してるし、リュノアが嫌なら――」

「嫌なことなんてないよ。いじわるしてごめん……僕も、君としたいと思ってた」

僕がそう言い切ると、アイネはまた動揺して、顔を隠そうとする。

けれど、隠しきれずに口元だけ手で隠すようにしながら、顔を逸らし、視線だけ僕の方に向けてくる。

ずっとそうだ——アイネの姿は、どこまでも扇情的すぎる。僕はアイネの服を脱がしながら、自分の着ている服も脱いでいく。

今日、お互いに告白をして……そして、初めての夜を迎えようとしていた。

＊＊＊

僕はアイネをベッドに横にならせて、足を開かせる。明かりを弱くしていても、濡れたアイネの秘部に光が当たると、艶《つや》やかに見えた。

アイネが身じろぎしながら、すぐ近くにあった枕を抱く。顔を隠すようにしながらも、潤んだ瞳でこちらを覗き、

「は、初めて、だから……」

そう、震える声で言った。最初に見たときもそうだ——その姿はとても魅力的で、扇情的で、綺麗だ。

すでに弄《いじ》る必要もないくらいに濡れたアイネの女性器に触れると、彼女の身体が小さく震える。

「ん、んっ……」

ずっと耐えていたからだろう――すぐにでもイッてしまいそうな反応だが、ぎゅっとアイネは枕を抱いて耐える仕草を見せる。

僕はゆっくりとアイネの女性器に触れるようにしながら、すでに勃起したペニスを近づける。

正直言えば僕も初めてだ――けれど、アイネを不安にさせないように、僕はできるだけ優しく声をかける。

「それじゃあ、挿れるよ？」

確認するように問いかけるが、アイネからの返事はない。ただ、その時をひたすらに待っているようだった。

僕はゆっくりと、アイネの膣内にペニスを挿入する。指二本でも吸い付くようだったアイネの中は、挿れただけでも締め付けるような感覚があった。

目尻に涙を溜めながら、アイネが小さく声を漏らす。

「ん、ふぅ、ぅ……」

アイネの膜には傷をつけないように指を入れていた——けれど、今日は違う。挿れるときは優しく、けれど、膜を破るときは痛みが続かないように、奥まで滑らせる。小さな出血と共に、アイネの身体がわずかに跳ねた。

「あっ、イッ……」

ぎゅっと枕を掴む力が強くなる。アイネが軽くイッてしまったのが、彼女の膣を通して感じられる。それでもアイネは我慢するような姿を見せた。

「そんなに我慢しなくたっていいよ」

「はーっ、はっ……だ、だって……は、初めては、リュノアと、一緒に、イキたい、から……っ」

我慢できずに涎《よだれ》を垂らしてしまい、恍惚の表情を浮かべながらも、アイネがそんなことを口にする。なんて健気《けなげ》で可愛いのだろうか、僕の幼馴染《おさななじみ》は。

僕は耐えようとする彼女の手を握り、指を絡ませる。

枕をどけると、アイネと向き合うような形になった。

「やっ、顔、あんまり、見ない、でっ」

やはり、恥ずかしいから隠していたのだろう。けれど、こんなに可愛らしいアイネの姿を見ないなんて、僕の選択肢にはなかった。

軽く小突くように腰を動かすと、それだけでアイネが大きく反応する。

「う、あっ！　いっ、んんっ……！」

「アイネ、すごく可愛らしいよ」

「い、いま、そんなこと、言わない、でっ！」

「事実だから言ってる。動かすから、頑張って耐えてね？」

「……っ、んっ」

アイネの意思を汲んで、僕は彼女に念を押す。

ゆっくりと腰を動かすと、膣内の柔らかな感触と、追い縋るような吸い付く感触があった。

脈打つ彼女の身体を感じながら、僕は腰の動きを徐々に速めていく。

「あっ、あっ、うあっ、んく、イッ……ぅ……！」

必死に耐えるアイネの姿はどこまでも官能的で、締め付ける膣内はとても気持ちがいい。

僕もずっと我慢して溜まっていたから、敏感になっている。

射精感が徐々に高まっていくのを感じる——僕はアイネに覆い被さるようにしながら、
そっと口付けをかわした。

「——んっ!?　ん、ふぅ、んぐっ、ううううっ！」

アイネが目を見開いて、大きく身体を震わせる。やはり、キスをすると彼女の膣内はもっと引き締まって、気持ちがよくなる。舌を絡ませるようにキスをすると、アイネの身体が我慢の限界を迎えたのを感じる。僕は唇を離して、アイネの手を強く握る。

「僕もっ、もう、射精《で》そうだ……！　アイネっ！」

「わ、たしも、もう……っ、イクっ、あ、ぁんっ……あああっ！」

ビクリとアイネが大きく跳ね、僕のペニスも脈打つ。溜まっていた精子を彼女の中に出すと、女性器から溢れるように漏れ出した。お互いに深く呼吸をしながら、僕は再びアイネに顔を近づける。

「アイネ、改めて言うよ。君のことが、好きだ」

「わた、私も、リュノアのこと、好き、大好き……！」

再び口付けをかわす――その日は初めてのセックスで、その一回があまりにも気持ちよく、お互いに満足して寄り添うように眠る。

僕はアイネとの、一線を越えたのだ。

エピローグ

それから数日後――僕は退院して、王都から僕の自宅のある『ルドロ』の町への馬車に乗っていた。

冒険者ギルドには、『帝国の魔導師』について話した。

先の戦いが帝国の魔導師から仕掛けてきたものであるということと、彼らがアイネを狙っているということだ。

だが、帝国の魔導師と言っても――彼らは『帝国』が保持する『騎士団』に所属しているわけではないらしい。つまり、帝国の騎士に協力者がいる可能性はあるが、そこから彼らの正体を完全に探ることは難しそうだった。

ただ、僕は深追いをするつもりはない。僕一人であれば、帝国に乗り込んで片を付けることくらいできるかもしれないが……僕にはアイネがいる。

彼女のことを守るのであれば、少なくとも今は彼女の傍《そば》にいて、帝国側にも近づかない方が正解だろう。

だから、いくつかの仕事もキャンセルして、僕は自宅に戻ることにした。

隣に座るアイネが、僕に問いかけてくる。

「リュノアの暮らしてる町ってどんなところなの？」

「んー、まあ普通のところだよ。王都に比べたら小さいし、人もそんなに多くない」

「へえ……じゃあ何で、王都で仕事しないのよ？」

「別に僕は仕事人間じゃないよ。Ｓランクの冒険者が必要なときは……まあ国の危機とかじゃないかな」

「簡単に言うわね。そんなこと、滅多に起こってほしくないけど」

「あはは、少なくとも、僕がＳランクになってからはそうそうないかな。他にも冒険者はいるし。それに、僕は別に国を守るために冒険者になったわけじゃない。それは騎士の仕事だからね。今の僕は、君を守るためにいる」

「……そういう恥ずかしいこと、面と向かって言わないでよ」

僕の言葉に、アイネが視線を逸らしてそっぽを向く。恥ずかしいことと指摘されると、確かにそうなのかもしれない。けれど、僕のアイネに対しての気持ちは本当だ。

お互いに『好き』だと伝え合ったのだから、その気持ちを隠すつもりだってない。

「本当のことを言ってるんだからいいじゃないか」

「……あんた、そういうところあるわよね。天然っていうか……」

「天然？」

「別に、何でもないわ。でも、私も、守られてるだけでいるつもりはないの」

アイネは首輪に触れて、小さく呟く。きっと、首輪さえなければ――真っ当に戦うこともできると考えているのだろう。

実際、彼女が狙われる理由もそこにある。首輪のリスクがない状態なら、アイネだってまともに戦うこともできるだろう。

けれど、僕はアイネに戦うことを望むわけではない。

「僕は君のことを守りたいって言っても、君は中々頷いてくれないんだよね」

「そ、それはそうでしょ。足手まといにはなりたくないの」

「君が傍にいてくれるだけで、足手まといだと思うことはないよ」

「そういう言い方が恥ずかしいって言ってるのよ！　もうっ！」

アイネが少し顔を赤くして、声を荒らげる。少しいじわるをしてしまったか……僕は小さく笑いながら、彼女の頬に触れる。

「ごめん、でも、これも事実だから」

「……ん。まあ、許してあげる。その目も、治るまで仕事したらダメだからね？」

まだ眼帯をしている目のことを気にしているのだろう――別に、両目が見えなくても戦えることは証明したのだが、アイネはどこまでも心配性だ。

「それじゃ、家事は君に任せようかな」

「！　そ、それならもちろんやるわ。何でもするっ！」

「食い気味に言うなぁ……君、そんなに家庭的だったっけ？」

「な、失礼ね……母さんの家事の手伝いだってしてたんだから、それくらいできるわよ」

「かなり昔の話じゃないか」

「騎士になってからは一人暮らしよ！　見てなさい……私の家事スキルを見せてあげるからっ！」

アイネが息巻いてそんなことを口走る。

僕は若干の不安を感じながらも――揺れる馬車の中、アイネと共に自宅を目指した。

冒険者の仕事も、それほど数を増やすつもりはない。できるだけアイネの傍にいて、彼女を大切にしたい……そんな風に、僕は考えているからだ。

そのためには、首輪を外す方法もやはり、見つけなければならないだろう。まずはそこから――けれどその前に、今は彼女と傍にいられる幸せを噛みしめよう。

僕と彼女の生活はまだ、始まったばかりだから。

書き下ろしSS

僕とアイネが王都を出立してから、半日ほど経過していた。

『ルドロ』の町までは、馬車で三日ほどかかる。

到着まではまだまだ、というところで、僕とアイネは思わぬ足止めを食っていた。

「橋の修復作業？」

「はい。それで一日ほどかかるようでして……」

御者がそう、困った顔で答える。王都から隣町に向かう馬車に乗るまではよかったが、まさかこんな問題に出くわすことになるとは。

ちらりと、橋の方に視線を送る。

それほど長い橋ではなく、人ならば問題なく通れる程度の破損だが、馬車が通るとなるとそうはいかない。

実際、橋の向こう側でも何台かの馬車が足止めを食っている状態であった。

「この橋以外に道はないんですか？」

「ええ、道はなくはないんですが……見ての通り、一度馬車で下の方まで下りないといけません。下るためには向こうの平野にずっと進んでいくと、だんだん平野になっていくんですが、正直に申し上げてかなり時間がかかってしまいます。迂回するくらいなら、ここで待った方が早いかと」

御者の話を聞く限りでは、どうやら選択肢は『待つ』以外にはないようだ。

わざわざ遠回りして元の道に戻る頃には橋が直っているというのなら、確かにその方がいいだろう。

僕は隣に座るアイネの方を見る。彼女も事情は当然理解していて、

「ええ、私は待つ方向で構わないわ」

そう、快く頷いた。

「君がいい、と言うのなら構わない。ここで待つことにしよう」

「すみませんね。こんなことは私も初めてでして……」

「いや、あなたが悪いわけではないですから」

「それじゃあ、私はまた状況の方、確認してまいりますので。こんな場所ですが、ごゆっくりどうぞ」

御者はそう言って、僕達の下《もと》から離れていく。

橋の修復作業をしているのは、王都からやってきた職人達だろう。その護衛として、数名の王国騎士の姿も見えた。

この橋自体、どうやら国が管理しているものらしい。今回の件を機に、いくつか予備の橋を架けてくれるとありがたいのだが。

「それにしても、王都を出てすぐにこれって……何だか幸先《さいさき》悪いわね」

「これくらいのトラブルは旅には付き物だよ」

「まあ、そうね。たまにはこういうところで、ゆっくりするのもいいかもしれないわ」

アイネはそう言って、腕を伸ばして呑気《のんき》そうに言った。

「……君がいい、というのならいいんだけれど、一応対策は考えておかないと」

「対策？　何の対策よ？」

「それはもちろん、君の発情についてだ」

「……あ」

僕の言葉を聞いて、アイネはようやく思い出したように間の抜けた声を漏らした。

彼女の首に装着された『性属の首輪』――厄介なのは、やはりいつ発情させられるのか分からない、という点だ。

馬車が動いている間であれば、仮に発情してしまったとしても、そこまで目立つことはなかったのかもしれない。

だが、現状のように馬車が止まっている状態では、正直言って周囲から『見ようと思えば見られる』形となってしまう。

「た、確かに、完全に失念してたわね」

「なんとなく、そんな気はしていたよ。頼めば王都に引き返すことはできるかもしれないけれど、どうする？」

「……いえ、それはやめた方がいいわ。あいつらの仲間がまだ潜んでるかもしれないし」

アイネの言う『あいつら』とは、帝国からの刺客のことだ。

今回は冒険者ギルドからの依頼もあって、その動きに早く気付くことができた。

けれど、今の僕達にはそれ以上の情報はない——確かに、王都に敵が潜んでいる可能性は十分に考えられる。

そういう意味では、ここで待機している方が安全なのは間違いないだろう。

アイネも冷静に判断して、その結論に辿り着いた——

「で、でも……い、今発情しちゃったら、まずいわよね？　だって、宿とか以上に壁も薄いし、覗こうと思えば覗けるわよね……!?」

……と、いうわけでもないらしい。

確かに、今この瞬間にアイネが発情してもおかしくはない状況にある。

深夜か、あるいは朝方に来てくれるとその日は安心なのだけれど、こればかりは運としか言いようがないだろう。

僕はそっとアイネの肩に手を置いて、

「アイネ、大丈夫だ。僕が何とかするから」

「な、何とかするって言ったって……どうするのよ？」

「そうだね。ちょっと、ここで待っていてくれるかな」

僕は馬車から降りて、橋の状況を確認している御者の下へと向かう。

丁度、橋の近辺を警護する騎士と話しているところであった。

「少しいいですか？」

「！　どうかなさいましたか？」

「この橋が壊れている理由について、聞いておきたいのだけれど」

「ああ、それならたった今、確認したところです。何でも、大型の魔物が橋を壊したんだとか……」

「魔物？」

「ああ、そうだ。橋を渡っていた馬車の積み荷を狙ったらしいな。下から狙ったから、ギリギリ届くかどうかくらいだったようで、すぐに諦めたみたいだが」

僕の問いかけに答えたのは、騎士の男であった。

「ギリギリ、と言うと、橋の下から跳躍でもした、ということですか？　それなりの高さだと思うんですが。魔物の姿は確認されているんです？」

「……その前に、君は何者だ？　どうして魔物について聞く？」

騎士の男は、少し訝《いぶか》しげな表情で僕を見る。

突然、話に入ってきた僕を警戒しているようでもあった。

「失礼しました。僕はリュノア・ステイラー――冒険者として活動させてもらっている者です」

「リュノア・ステイラー……？　リュノアって、あの『二代目剣聖』か!?」

騎士の男が目を見開いて、驚きの声を上げる。

……一応、僕の名はこの国ではそれなりには知れ渡っている。Sランクの冒険者の数も限られている中、良くも悪くも真面目に働いてきたからだろう。

「そう呼ぶ人もいますね。それで、話を聞かせてもらえますか？」

「！　あ、ああ。魔物の名前だったな。襲われた者が魔物の姿を目撃していてな。それらの情報から考えられるのは――橋を壊したのは『グラス・フロッグ』だと推察される」

「なるほど、確認して正解でした」

「……？　それはどういう……？」

「丁度、僕が討伐依頼を受けた魔物の一体が『グラス・フロッグ』なんです。この近辺から少し離れたところで確認されていたようなんですが、どうやら移動してきたみたいですね」

以前に、アイネと出会ってから冒険者ギルドでいくつか依頼を引き受けた。

その中の一つが――丁度、『グラス・フロッグ』の討伐だったのだ。

『グラス・フロッグ』はわずかに透けた身体《からだ》をしている、巨体の蛙《かえる》だ。

その大きさのためか、蛙でありながらも動きは非常に遅く、どちらかと言えば待ち伏せして獲物を狙うタイプだ。

だが、純粋にサイズが大きい、というのは魔物としても脅威なことには違いない。冒険者のランクとしては、討伐するのにBからAランク付近が数名は必要、とされる魔物であった。

橋が壊れている原因については分かった――僕は話を終えて、再び馬車の方へと戻る。

「おかえり。何か話してたみたいだったけど……」

「橋の壊れた原因について聞いてきた。どうやら、僕が受けた討伐依頼があるんだけれど、その対象の仕業らしい」

「！　それって、魔物があの橋を壊したってこと？」

「ああ。馬車を狙って舌を伸ばした、ってところかな。魔物の名は『グラス・フロッグ』——この付近じゃほとんど目撃されない、湿地の辺りに生息する魔物だったかな」

「どうしてこんなところに来たのかしら……」

「理由は分からない……が、稀《まれ》に住処《すみか》を追われて単独で移動を始める個体もいる、と聞いたことがある。おそらくは、縄張り争いに負けたんだろう。ここを住処にしているかまでは分からないけれど、橋が壊されたのもほんの数日前の話だそうだ」

リュノアがそう言うと、アイネは少し怪訝《けげん》そうな表情を見せる。

「……リュノア、それを聞いてきたってことは、まさか倒しに行くつもりじゃないでしょうね？」

「そうだね。せっかく時間もあることだし、ここを離れる自然な口実もできる。一石二鳥というわけじゃないけれど——」

「そんなの、ダメに決まってるでしょ！」

僕の言葉を遮って、アイネが声を荒らげた。思わず、目を丸くして彼女のことを見る。

「どうしてそんなに怒るんだ……？」

「どうしてって……。はあ、あんた、自分の怪我《けが》のこと、忘れてるんじゃないでしょうね？」

アイネは呆れた様子で言う。僕が退院したのはほんの数日前のこと——眼帯をした状態で、視界はあまり自由が利いてはいない。身体の方も、まだ本調子とは言えないだろう。

それは僕自身が一番よく分かっていることで、僕は『怪我のことも含めて』言っている。

「これくらいの傷なら問題ないよ。幸い、橋を壊した魔物は別の個体とも戦ったことがある。今の僕でも問題なく勝てるさ」

「そういう問題じゃないの！　あんたね、私と約束したのもう忘れたの？　怪我がきちんと治るまでは仕事はしないって。……私の方が無理を言ってるのは、分かってるのよ。でも、心配なの。だから、せめて『ルドロ』の町に着くまでは、休んでほしいのよ」

先ほどまで怒った様子だったアイネだが、急にしおらしくなってしまう。

僕の怪我のことに責任を感じているのかもしれない。もちろん、そんなことを気にする必要はないのだが、今ここでそれを言ったところで意味はないだろう。

「それなら、こうしよう。今から橋の下の川辺に向かって、魔物の動向を調査する。この付近に魔物がいないのであれば、追いかけるようなことはしない。あくまで、この近辺だけの調査で終わらせる。どうかな？」

僕がそう提案すると、アイネは少し悩むような仕草を見せる。『この近辺だけの調査』とはいえ、魔物がいたら戦わざるを得ない。

アイネはきっと、その点について考えているのかもしれない。――とはいえ、僕の提案は相当に譲歩したものであることには違いない。

ここを一旦離れる、という目的もある以上、アイネも露骨に拒絶するようなことはないだろう。

「……まあ、そういうことなら、いいかもしれないわね。一応、魔物が橋を壊したっていう事実もあるわけだし。ここに魔物がもういないっていう安全確認くらいは、した方がいいわよね」

「それなら決まりだね。じゃあ、僕は調査に向かうことを彼らに伝えておくから、君は先に準備しておいてくれ」

「ええ、分かったわ」

話がまとまり、僕とアイネは二人で橋の下へ向かい、魔物の調査に向かうことになった。

仕事というのも半分建前ではあるのだが、これで仮にアイネに発情が起きてしまっても、周囲の目を気にする必要がなくなる。

少しばかりの食料や、野宿するために必要な物資を持って、僕達は橋の下へと向かった。

＊＊＊

ザァ、と川の流れる音が耳に届く。見上げれば太陽の光は届くが、随分と森が深いところにきてしまった、とアイネは感じていた。

橋が架かっていたところから、歩いてどれくらい経過しただろう。それほど時間は経っていないのかもしれないが、すでに後ろを振り返っても、橋は視界に入ってこなかった。

「ねぇ、どこまで行くつもりなの？」

「ん、そうだね。もう少し川の流れがゆったりしたところまで、かな」

隣を歩くリュノアに問いかけると、そんな返事があった。近場まで、という話であったが、リュノアはどこまで行くつもりなのだろう――そんな疑問が、アイネの中に生まれる。

リュノアは時々、足を止めて地面に触れたり、近くの草木を調べたりして魔物がどういう経路を通ったか調べていた。

大型の魔物は、特に目立った痕跡を残すことが多い。

だが、アイネが確認する限りでは、すでに魔物がここを通った、という痕跡もあまり確認できない。

「もうそろそろいいんじゃない？　結構、奥まで来た気がするし」

「いや、念のためもう少し奥まで確認しておこう」

リュノアはアイネの提案を受け入れずに、そのまま前を歩いていく。

なんとなく予感はしていたが、リュノアは一度仕事を始めると、中々切り上げようとはしない。

あわよくば魔物を見つけ出して倒そう、としている魂胆が透けて見える。元々、リュノアは魔物を倒すつもりであったのだから、仕方ないのだが。

（でも、このままだと本当に止まりそうにないのよね……）

アイネの言葉を聞いて止まってくれるのならよかったが、今はその気配もない。

森の中に入ったことで、目的以外の魔物の気配は当然、周囲から感じられる。それもあって、リュノアの警戒心が強まっているように感じられた。

（それなら……）

アイネは意を決した表情で、リュノアに再び声を掛ける。

「この辺り、川の流れも緩やかかね」

「さっき大岩があったからね。それで流れが弱くなっているのかもしれない」

「なら、せっかくだしここで休養しましょうよ」

「ここで？　確かに場所としては悪くないけれど、もうちょっと先まで見ておきたいな」

「私も痕跡は確認したけれど、もうほとんど残ってないじゃない。この辺りにはいないんでしょ」

「その可能性は高いかもしれないね。橋を襲ったのも、通るついでの気まぐれみたいなものだろうから、ここを縄張りにはしていないかもしれない。けれど……」

　リュノアは何か言いたげな表情であった。

　やはり、リュノアはまだ休む気はないようだ。

　けれど、アイネもここで引き下がるつもりはない――ちらりと川の方を見て、

「半日も馬車に乗ってたから、ちょっと水浴びとかしたい気分なのよね」

　そう、切り出した。

「水浴びか。君がしたいなら、そうだね。この辺りで休憩しようか」

　先ほどまでの妙な頑固さはどこへ行ってしまったのか。アイネが『水浴びをしたい』と希望を口にしただけで、すんなりと受け入れてくれた。

　リュノアはいつもアイネのことを優先してくれる――それで、アイネにとっては少し罪悪感を覚えてしまうことがあるのだが、今はリュノアの身体の方が心配だ。

　だから、リュノアを休ませるために、アイネは嘘を吐いたのだ。

（これくらいなら、許されるわよね……？）

自身にそう言い聞かせるようにして、アイネはリュノアと共に流れの緩やかな川辺付近へと足を運ぶ。静かに川が流れる音と、小動物の鳴き声が聞こえてくる――思った以上に、心休まる場所であった。

（ここならリュノアも――）

「よし、僕はテントの準備をするから、君は水浴びをしてくるといい」

「え？」

「『え？』じゃないだろう。君が水浴びをしたいって言ったんじゃないか。拠点作りはそれほど手間にはならないし、君が水浴びをしている間に終わらせておくよ」

リュノアはそう言うと、そそくさとアイネに背中を向けて準備を始めた。――確かに、全てアイネの言い出したことではある。

帝国で騎士をしていた頃、野営をするのは当たり前のことであったし、その近くで水浴びくらい当然のようにやっていた。

今更、人目のないところで裸になるくらい、恥ずかしいことではないのは間違いない。けれど、目の前にはリュノアがいる。彼に限ってアイネの着替えを覗くような真似はしないだろう。そう信じてはいるが、それほど離れていない距離で、服を脱ぐには少し、抵抗感があった。

「……」

アイネは沈黙したまま、ちらりとリュノアに視線を送る。視線に気付く様子もなく、リュノアは一人、黙々と拠点を作るための準備を続けている。

気にしすぎているのは自分だけだろうか。そう思いながら、アイネは自らの服に手を掛ける。

リュノアの方に時折視線を向けながら、アイネは一枚ずつ脱いでいき――やがて、一糸纏わぬ姿となった。胸と秘部を手で隠すようにしながら、アイネは頬を赤らめる。

今更、リュノアに見られて恥ずかしがるのも変な話なのかもしれない。

すでに、彼とは一線を越えた身なのだから――けれど、それとこれとは話が別である。

アイネが恥ずかしいと思う気持ちは消えない……のだが、リュノアは裸になったアイネの方に全く視線を向ける気配がない。

（す、少しくらいこっち見てもいいのに……変なところで真面目よね）

決してリュノアが悪いわけではない。むしろ、アイネに対して配慮してくれているのだから感謝すべきなのだろうが、今のアイネにとってはその配慮が少し不満であった。

裸になった自分に、全く興味を示さないというのはどういうことなのか、と。

　アイネは何か思い付いた表情を浮かべると、そっと足音を立てないように、リュノアの下へと近づいていく。

　気配を殺しても、リュノアはアイネが近づいていることには気付いているかもしれない――だが、そんなことは気にも留めず、アイネは座り込んで作業をするリュノアに覆い被さるようにして抱き着く。

「えいっ」

　丁度、リュノアの頭部に胸が当たるような勢いで――やろうとしたのだが、悲しいことにアイネには、それができる程の胸のサイズはなかった。

　ふにゅん、と何かしら当たった感覚が、彼の頭部にあったくらいだろうか。

　ピタリとリュノアは作業の手を止めて、ゆっくりと視線をアイネの方に向ける。

　そして、怪訝そうな表情のまま、

「何をしてるんだ？」

　そう、一言だけ尋ねてきた。言われて、アイネは初めて自分のやったことに対して、恥ずかしさが込み上げてくる。

　すかさずリュノアとの距離を取ると、

「な、何でもないわよ！　バカ！」

そんな捨て台詞《ぜりふ》を吐いて、アイネはそそくさとその場を離れた。

完全に八つ当たりでしかないことはアイネも分かっているのだが、リュノアの態度に思わず怒ってしまった。

「アイネ、あまり遠くには行かないように」

「わ、分かってるわよ！　子供じゃないんだからっ！」

そんなアイネに向かって、まるで保護者であるかのような言葉をリュノアは投げかけてきて、また声を荒らげてしまう。

（まったく……人の気も知らないで……！）

けれど、リュノアが悪いわけではない。

アイネは小さく息を吐くと、頭を冷やすために川の中に入っていく。

「つめた……っ」

思った以上にひんやりとしていて、アイネは思わず声を漏らす。

けれど、すぐに水の温度に慣れてきた。さらに、奥の方へと足を運ぶ。

先ほどまでは離れたところで見ていたから分からなかったが、川の水は驚くほどに澄んでいる。

「きれい……」

アイネはぽつりと、感心するように呟いた。先ほどまでの怒りも、簡単に忘れてしまうことができるくらいだ。

そして、アイネはどこか懐かしさを覚えていた。

故郷の川も――これくらい綺麗だった気がする。思えば騎士になってから、落ち着いて自然を眺めるようなこともしてこなかった。

リュノアと再会することがなければ、こんな自由ではまずいられなかっただろう。

（……リュノアも誘ったら来てくれる、かしら。少しは気晴らしになるだろうし。でも……）

アイネは自身の現状を確認する。身に着けている物と言えば、忌々《いまいま》しい『性属の首輪』くらいで、今は一糸纏わぬ姿だ。

首輪以外は何もない状態というのは、他人の目から見てどう映るだろう。

（で、でも……リュノアとはもう、お風呂も一緒に入ったことあるし。それに、え、えっちなこともいっぱいしてるもの。今更、気にすることでもない、わよね……？）

アイネは周囲を確認するように、視線を動かす。当たり前だが、ここにはアイネとリュノア以外は誰もいない――それならば、リュノア相手だけなら、恥ずかしいことには違いないけれど、問題はない。

アイネは決意をして、振り返りざまにリュノアへ向かって叫ぶ。

「リュノア――」

だが、ピタリとアイネは声を殺した。

振り返ってすぐに、アイネの視界に入ったのは、座り込んで俯く姿のリュノアだったからだ。少し離れたところからでも分かる。リュノアは、眠りに落ちていた。

すでに拠点の準備もできていて、手際よく焚き火まで起こしている。

その前で、鞘に納められた剣を支えにするようにして、眠っているのだ。

「なによ、色々考えて損したじゃない……」

アイネは小さくため息を吐く。同時に、安心した気持ちにもなった。

リュノアもきっと疲れていたのだろう――アイネの傍《そば》では絶対にそんな姿を見せようとはしないが、少なくともお互いに見える距離で眠りにつくということは、彼にとっても落ち着ける状態にあるということだろう。結果的には何もできなかったが、アイネの望んだ形にはなった。

（せっかくだし、私もゆっくりしてから戻ろう――ん？）

不意に、足に触れる柔らかな何かに気付き、アイネは下を見る。

すると、そこには水の色とは少し異なる、半透明の『スライム』が動いていた。

「これ、『アクアスライム』……よね？」

その名の通り、水辺に生息するスライム種だ。身体が液状である魔物のスライムの中でも、水分量をさらに多く必要とするという。魔物ではあるが、人畜無害な存在として知られていた。

むしろ、人の身体に付いた汚れも食べてくれるらしく、それを利用して商売をしている人もいる、と聞いたことがある。川の流れに身を任せながら移動していたのだろうか。

『アクアスライム』はアイネの身体にへばりつこうとするような仕草を見せる。

「なに？　洗ってくれるの？」

意思の疎通などできるわけもないのだが、アイネは確認するように言う。

どういう感じなのか分からないが、せっかくの機会だから、洗ってもらうのも悪くないかもしれない――そう考えたアイネは、その場に膝をつくような格好になる。

「これでどう？」

すると、『アクアスライム』はゆっくりとした動きで、アイネの身体に張り付き始めた。

「んっ、ふっ」

腕やお腹の辺りに触れた瞬間、肌を撫で上げるような感覚があって、思わず声を漏らす。

思っていたよりも、くすぐったい感じにアイネは困惑する。

アイネが弱すぎるだけなのかもしれないが、『アクアスライム』を振り払うようなことはせずに、じっと我慢するように唇を噛む。

ここで下手に声を上げてしまうと、リュノアを起こしてしまうかもしれない。そう考えて、アイネは声を押し殺した。

『アクアスライム』は、アイネが抵抗しない様子を見てか、徐々に身体にまとわりついていく範囲を広げていく。

「……っ、ふ、ぅ……！」

（これ、思ったより、きつい……!?）

話にしか聞いたことがなかっただけに、アイネは驚きを隠せなかった。

スライムにマッサージされる感覚は気持ちがいい、という話だったのだが、実際には気持ちいいというよりは、身じろぎしたくなるような、そんな感じ。

首より上の方までは上がってこようとはしないが、『アクアスライム』がゆっくりと、確実に身体を這っていく感触に、アイネは身震いした。

（もしかして、やばい、かも……！）

アイネがその事実に気付いた時には、もう遅かった。

胸の辺りから、内腿や足先に至るまで――『アクアスライム』は身体を分裂させながら広がっていく。すでに背中にも、その身体の一部は伸びていた。

はっきり言って、スライムを振り払うのはそれほど難しい話ではない。

優しく身体にまとわりついているだけで、勢いよくその場から飛び出せば、多くは身体から離れていくだろう。

この場で多少動くだけでも、身体から振り落とせるかもしれない。

だが、今のアイネはそれができない状態にあった。――少し離れたところで、リュノアがまだ眠りについているからだ。

（せっかく寝てる、のに……私が起こすわけには……！）

アイネが我慢をする理由は、それだけだ。

『アクアスライム』は首より上以外に、秘部にも絶妙に触れようとはしない。

触れられると間違いなく嫌がるだろう場所を本能的に理解しているのか――だが、今のアイネにとってはその方がつらかった。

「はっ、は……っ」

胸の方は、乳首の先までしっかりと、愛撫するように動き続けている。

そんな責めを受け続けていたら、気分が高揚してしまっても不思議な話ではない。

（す、少しだけ、なら……）

アイネは自らの秘部へと手を伸ばす。

このまま焦らされ続けるより一度、達してしまった方が――いっそ楽になるかもしれない。

アイネはそう考えて、行動に移した。

「……っ、んぅ……ふっ」

ゆっくりと、膣の中に指を挿れていく。

すでに興奮状態にあったアイネの膣内は濡れていて、滑るように指は奥まで入っていく。

「あ、っ……」

声にならない声を上げて、アイネは指を動かし始めた。

全身を『アクアスライム』に撫で上げられながら、自慰行為に耽《ふけ》る――

（ち、違うわ。ただ、リュノアを起こさないために、仕方なく……）

自身に言い聞かせるようにしながら、アイネは視線をリュノアの方に向けた。

今もリュノアは動く様子はなく、静かに眠りについたままだ。

けれど、彼がもしもこの瞬間に目覚めるようなことがあれば、アイネの痴態を晒すことになってしまう。スライム塗《まみ》れで自慰行為に耽る姿など見られたら、変態と思われたとしても言い訳はできないだろう。

「はぁ、はっ、んっ……」

だんだんと呼吸は荒くなっていく。声を押し殺すのにも限界はあるが、アイネはリュノアの方を見ながら、必死に耐えていた。

穏やかに眠るリュノアの姿を見て、安心すると共に――ここで彼が目を覚ましてしまえばどうなってしまうのだろう。

その状況を想像して、アイネの興奮は最高潮に達する。

「っ、ぁ――」

ビクッと小さく身体を震わせて、アイネは一度、絶頂を迎えた。火照《ほて》る身体に対して、冷たい川の流れは程よく気持ちがいい。

だが、そんな余韻に浸る間もなく、アイネはまだ身体をまさぐるスライムに気付く。

(ま、まだ終わらない、の……!?)

イッたばかりの敏感な身体では、スライムの愛撫にも過剰に反応してしまう。

「や、だっ！　今は、ダメ、だから……！」

アイネは拒絶の言葉を口にする。

だが、『アクアスライム』の動きは止まることがなく、アイネをさらに責め立てようとする。

「い、いや――」

それは、ほんの少しだけ大きく声を上げてしまった時のことだった。パシャッと水の撥《は》ね跳る音が耳に届いたかと思えば、同時に風を斬る音が周囲に響き渡る。

わずかに見えたのは、剣の軌道。ふわりと身体が浮かぶような感覚があり、気付けば――目の前にリュノアがいた。

アイネは彼に抱き上げられる形となり、思わず目を丸くする。

「リュ、リュノア……!?」

「ごめん、周囲の『敵意』には常に反応できるようにしていたつもりだったんだけれど、油断した」

リュノアの表情は真剣で、本当に申し訳なさそうな表情を浮かべている。ほんの少しアイネが声を上げただけで反応するくらいには、リュノアは警戒してくれていたということだろう。

アイネの身体にまとわりついた『アクアスライム』を、ほんの一瞬で斬り払い、アイネを助け出したのだ。

ちらりと視線を下ろすと、バラバラに飛んだ『アクアスライム』が再び集まろうとしている。

「これは……『アクアスライム』か？　人を襲うなんて聞いたことはないが……君に手を出した以上は、始末するしかないか」

リュノアは至って冷静に、そんな言葉を口にする。

アイネは慌てて、

「ま、待って！　こ、この子は、その……私の身体の汚れを、食べてくれていただけで……えっと、私が変な声出したのが悪いの」

そう、素直に謝罪した。リュノアもアイネの様子を見てか、すぐに剣を納める。

「僕の早とちりだったのか。色々と、悪いことをした」

「う、ううん。すぐに来てくれたのは、嬉しかった」

「君の声が聞こえれば、すぐにでも駆け付けるさ。けれど、結果的に――君の裸を間近で見ることになってしまって」

「……あ」

そう言われて、アイネも自身の姿に気付く。まだ火照ったままの、一糸纏わぬ姿で、大事なところを隠すのも忘れてしまっていた。

リュノアは視線を逸らしたまま、そっとアイネを下ろそうとする。

だが、アイネは彼の首の後ろに手を回して、抱き着いた。

「アイネ……？」

少し困惑した様子を見せるリュノア。

アイネは耳元で囁くように言う。

「私の裸、見ても何も思わないの？」

リュノアが視線を逸らしているところからも、意識していないわけでないことは分かっている。

ただ、アイネが確認しておきたかっただけだ。

「もちろん、綺麗だ」

「……っ！」

そして、リュノアの即答を受けて、逆に困惑させられるのはアイネの方だった。

「あ、ありがとう……？」

何とか絞り出したのは、そんなお礼の言葉。なんと続けたらいいのか分からず、アイネはそのまま黙ってしまう。リュノアも、アイネの言葉に小さく頷くだけで何も言わず、彼女を抱えたままに川から出る。

「その……寝てたのにごめんね？」

下ろしてもらったアイネが最初に口にしたのは、改めての謝罪だった。

リュノアは少しだけ驚いた表情をして、すぐに苦笑いを浮かべる。

「気付かれてたか。寝るつもりはなかったんだけどね」

「でも、やっぱりリュノアも疲れてるのよね？　寝ちゃうくらいだもの。それならしっかり休んでほしいし、そういうのも、隠さないでほしいって」

アイネは本音を吐露する。リュノアはきっと、いつも気を張って疲れているはずだ。けれど、アイネのことを優先して、リュノアは決してそんな素振りを見せようとはしない――だが、彼はそっと自らが羽織っていたローブをアイネに掛けて、答える。

「うん、アイネに隠し事をするつもりはないよ。別に疲れてたわけじゃない」

「なら――」

「どうして寝てたのかって？　まあ、確かに少し気が抜けたところはあるかもしれないね。僕らを狙う敵がいないことは気配で分かっていたし、何よりアイネが傍にいるからさ」

はっきりと、そう言い切るリュノアに、アイネは視線を泳がせながら、

「そ、そう。ふぅん……？　まあ、そういうことなら……いいけど」

満更でもない表情を浮かべていた。

リュノアの言葉は、つまりアイネと一緒にいるから安心できる――そういうことになる。

言われて、嬉しくないわけがない。

できる限り、喜んでいるとバレないように顔を逸らしていると、ふと自身の格好を思い出す。

「――って、とりあえず着替えないと……！」

アイネは立ち上がろうとするが、身体に上手く力が入らずに、その場に膝をつく。同時に、ようやく落ち着いてきたはずの高揚感が再び増していく感覚があった。

（こ、これって……!?）

アイネは気付く――このタイミングで、身体が『発情』しているということに。

そんなアイネの身体を、リュノアが支えた。

「大丈夫か、アイネ」

「え、ええ……。さ、さっきしたばかりなのに……」

「ん？　さっきした……？」

「！　な、なんでもないっ！　そ、それより、身体だけでも拭かないと……」

「いや、今の姿なら手早く済ませた方がいいだろう」

「え――ひゃっ!?」

リュノアに身体を引かれ、預ける形になる。

そのまま、リュノアがアイネの秘部へと手を伸ばし始めた。

「ちょ、ちょっと……！　まだ、身体濡れてるからっ！　服も濡れるわよっ」

「僕は大丈夫だ」

アイネがそう言っても、リュノアは特に気にする様子はない。この状態になると、身体に上手く力が入らなくなる。

抵抗できないままに、リュノアの指先がそのまま秘部に触れた。

「ん……っ」

リュノアの動きに迷いはなく、アイネの膣がすでに濡れていることを確認すると、すぐに奥まで入れてきた。先ほど自慰行為をしたことで、濡れている――なんてことは、リュノアは思いもしないだろう。

すでに敏感になった身体は、ほんの少し弄《いじ》られるだけであっという間に高められていく。

「やっ、んっ、こんな、格好、で……っ」

少し足を開かされた状態のままに、リュノアの中指がアイネの膣の奥まで押し込むように刺激をしてくる。

リュノアは、アイネが気持ちいいと思うところを的確に突いてきた。

気付けば、アイネは身を任せるように脱力し、ただ快楽に身を委ねていく。

「ふっ、ふっ、ぁ……」

先ほど、自慰行為でイッたばかりでつらい――だが、リュノアはそんなこと知らないだろう。きっと、手早く済ませるのがアイネのためだと思ってくれている。

アイネは求めるように、リュノアの服の裾を掴むと、リュノアはもう片方の腕で手を握ってくれた。

「……っ！　もう、イ、クぅ……っ」

リュノアの手を強く握り返して、消え入りそうな声を発する。身体を小刻みに震わせて、アイネはわずかな間に二度目の絶頂を迎えた。

大きく肩で息をしながら、アイネはリュノアが膣から抜き取った指を見る。とろりと伸びる愛液を見て、いきなり恥ずかしさが込み上げてきた。

「……み、見せないでよ。こんな格好のまま、嫌って言ったのに……」

アイネはそう不機嫌そうに、リュノアへ抗議する。彼は、ただ申し訳なさそうな表情を浮かべているだけだった。

＊＊＊

夜になると、森の中で聞こえるのは静かな川の流れる音ばかりだった。

僕の隣には、小さく寝息を立てるアイネの姿があった。

結局、眠る前までアイネの機嫌はあまりよくならなかった。――よくない、と言っても怒っている、というわけではない。発情を静めた後に機嫌が悪くなることは、よくあることであった。

明日の朝には、アイネの機嫌も戻っているだろう。

アイネの寝顔を覗いてみると、とても穏やかそうな表情をしていた。起こさないように、彼女の髪を優しく撫でる。

「んっ……」

アイネが小さく吐息を漏らす。

よく、眠っているようだ――僕はそれを確認すると、静かに立ち上がって、テントの外に出る。

月明かりすらわずかにしか届かない程に、森の中は暗かった。普通に見るだけでは、数メートル先に何があるかも確認できないだろう。

実際、僕の目にもほとんど何も見えてはいない。

けれど、こんな暗闇でも動けるように、僕は修行をして――適応できるようにした。何も見えなくても動けるように『感覚を鍛えてきた』と言うべきだろうか。

完全に目が見えない状態でも、戦えることは最近証明したばかりだ。

「さてと……」

僕は拠点を離れてからしばらく一人で歩く。

丁度、アイネが水浴びをしていた川の反対側に向かい、僕は足を止めた。

「――ずっと僕達が眠るのを待っていただろう？　そういう意味では、昼間は惜しかったね」

僕の言葉に答える者はいない。だが、腰に下げた剣を抜き去って構えを取る。

気配はほとんど感じられない程に消しているが、僕には分かる。周囲に向かって殺気を飛ばすと、いくつかの気配が逃げ出していき――一つの大きな気配が動き出した。

「！」

僕の後方の地面が盛り上がっていく。大地を割って姿を現したのは、丸みを帯びた巨体を持つ、『グラス・フロッグ』だ。

暗闇でその姿は完全に確認できないが、半透明な身体を持つ巨大蛙であることは知っている。

だが、過去に倒したモノよりも、一回りほどサイズは大きい。

僕は慌てることなく振り返り、『グラス・フロッグ』と向かい合う。奴が姿を現すまでは、僕はどこにいるか完璧には把握しきれていなかった。

あえて周囲に飛ばした殺気に反応して、狙われていると勘違いしたのだろう。

昼間にも、一瞬だけ気配は感じていた——アイネが水浴びをしていた時に、僕が目を覚ましたのは、彼女の声が聞こえたからだけではない。

「君がアイネを狙おうとしたのは分かっていた。あの場で姿を現さなかったのは、僕にとっても助かったよ。何せ、アイネが心配するからさ」

アイネの目の前で『グラス・フロッグ』と戦うことになれば、彼女に無用な心配をさせることになってしまう。彼女には隠し事をしないと約束はしているが——これくらいは許してほしいところだ。

「……」

ようやく、『グラス・フロッグ』に動きがあった。わずかに大きな口が開いていくのが見える——大声で相手を威嚇しようとしているのだ。

その声は地響きを起こすほどに大きく、近くで受ければ人間なら簡単に気絶してしまうこともあると聞く。

「——悪いけれど、断末魔の声すら上げさせるつもりはないよ。彼女が起きてしまうからね」

「!?」

『グラス・フロッグ』は口を大きく開けたまま、目を見開いた。

僕が立つのは、『グラス・フロッグ』の頭の上。すでに、頭部に深く突き刺した剣が、『グラス・フロッグ』への致命の一撃となっている。奴が声を出せない理由は、ここに立つ前に――僕が喉を斬り裂いたからだ。

大きな身体がふらふらと動いたかと思えば、そのままゆっくりと脱力して、地面に倒れ伏す。

剣を納めて、僕は『グラス・フロッグ』を見る。

「身を隠す、ということは、それだけ自分の動きが鈍いことを露呈しているようなものだ。まあ、本来はその巨体だけでも十分に強さを誇示できていたんだろうけれど、相手が悪かったね」

この大きさで、痕跡をほとんど残さずに移動する能力は大したものだ。

おそらく、このレベルの魔物になれば、近くに天敵もいないだろう。

ひょっとしたら、ここに住み着くつもりだったのかもしれない――そういう意味では、ここで討伐できてよかったと言える。

「うん、戦う分にはやっぱり、問題なさそうだね。さて、戻るとするか」

討伐依頼の一つを、ここで片付けることができたのは運がいい。

僕は『グラス・フロッグ』に背を向けて、その場を後にした。

＊＊＊

翌日——揺れる馬車の中、アイネは目を覚ます。

「……？　え、あれ？　何で、馬車の中に……？」

「おはよう、アイネ」

アイネが横を見ると、そこには微笑みを浮かべるリュノアの姿があった。

「リュノア、えっと、これはどういう……？」

「君が気持ちよさそうに寝ているから、起こさないように運んだんだ」

「なっ、運んだって……起こしてくれたらよかったじゃないっ」

アイネが声を上げる。

まさかと思ったが、森の中からアイネを起こさないように運んでくれたようだ。

リュノアなら確かに、それくらいのことはできるのかもしれない。

けれど、起こしてくれればよかったのに、という気持ちの方が大きかった。

リュノアは苦笑いを浮かべながら、

「ごめん。僕がもう少し、君の寝顔を見ていたかったんだ」

そう、照れる様子もなく言い放った。アイネの方が、思わずリュノアの言葉を受けて赤面してしまう。

けれど、なんとなくリュノアの雰囲気で分かる——何か、隠している気がする。

「っ、ご、誤魔化さないでよ。何かあったんでしょ？」

「別に、何もなかったよ。アイネは考え過ぎなんだ」

アイネの問いかけに対して、リュノアは澄まし顔のままだ。

「嘘吐かないでよ。昨日、隠し事もしないって言ったじゃないっ」

「……そうだね。なら、次の町に到着したら、話そうかな」

「今言えばいいじゃないの」

「言ってもいいんだけれど、落ち着ける場所の方がいいかなって」

「落ち着ける場所……？　あ、もしかして、私が寝てる間に魔物と戦ったんじゃないでしょうね!?　それで、私が怒ると思ってるんでしょ！」

アイネがそう言うと、リュノアの表情は一瞬驚いた表情になったが、すぐに元の笑顔に戻り、

「……ははっ、まあ後で話そうじゃないか」

誤魔化すように言った。

「誤魔化すってことは……そうなのね!?　怪我してるんだから、ダメだってあれほど言ったじゃない！」

「アイネ、馬車の中で立ち上がると危ないよ」

「あんたが悪いんでしょ――わっ!?」

不意に馬車が大きく揺れ、アイネはバランスを崩す。

リュノアがその身体を支えて、お互いに向き合うような形になった。

「だから言ったじゃないか。揺れるかもしれないんだから」

「……だって、リュノアが隠し事なんかしたり……んっ」

アイネは不服そうな表情を浮かべながら、不意に艶っぽい声を上げた。

すぐに、自らの身体に起こっていることを理解する――そして、リュノアの対応も早かった。

「よかった。馬車が動いてる間なら、多少声が出てしまってもバレることはないだろう」

「ま、まだ話が、終わってない、わよっ!?」

「話の続きは、手早く済ませてからにしよう」

「……っ、な、なんだか納得いかない……っ！」

アイネはそう訴えるが、『発情』してしまった以上は仕方ない。

揺れる馬車の中――アイネの嬌声が響くのに、それほど時間はかからなかった。

あとがき

はじめましての方ははじめまして、お久しぶりの方はお久しぶり、笹塔五郎です。

毎回のことですが、あとがきで書くことに結構悩みます。

作品の話を濃くすべきなのか、あるいは作家の与太話をすべきなのか、みたいな。

私は基本、作品のお話ばかりするのですが、今回はちょっと私の話もしたいと思います。

実は今年になって猫を飼い始めたのですが、一度飼い始めるともうなくてはならない存在になってしまいますね……。

うちの猫は甘える時間は短いんですけど、甘える時の強さが半端ないです。

甘えすぎて気付くと顔にお尻を乗せられているんですが、これは本当に甘えられているのか疑問になる瞬間ですね。

さて、私の猫話はこれくらいにして、そろそろ小説の話をしようかと思います。

基本的にはファンタジー、というか、連載物はファンタジーしかほとんど書いていないのですが、こちらはさらにエロファンタジー、に分類されるのかな、と思っています。

Ｗｅｂで連載を始めたのが、かれこれ二年以上前ですかね。

王道でえっちなファンタジーが書きたいなぁ、と以前から思っていて、かつヒロインは一人にしよう、という決意を元に出来上がったわけです。

まあ、さすがにそれだけ長く連載して、特に書籍化のお話もないと完全に趣味で更新することになるのですが、ゆっくりとお話を更新していたところ、このたび本作の書籍化をする運びとなったわけです。

内容的には割と過激なので、これが全年齢なのか、という純粋な疑問もあるのですが、小説は制限がゆるい、とかいうお話を聞いたことがあります。文字ってすごい。

このお話では奴隷になった幼馴染を守る、という好きな人には間違いなく刺さる要素が詰まっているのかな、と勝手に考えています。

主人と奴隷の関係に幼馴染が追加されると、なんか色々いい感じがしますよね。

ただ、このお話の主人公であるリュノアは、ヒロインのアイネを奴隷扱いしないですし、自分のことも主人と思わずに、普通に幼馴染として接しています。

むしろ、ヒロインのアイネの方が、奴隷になったことで引け目を感じている……というのがポイントですかね。

さらにお互いに好き合っているわけですが、アイネは割と真っ直ぐリュノアのことが好きで、リュノアの方はアイネに憧れに近い感情を常に抱いている、という微妙なすれ違いもあります。

このお話の中で、最後の方ではお互いに感情が一致するわけですが。

とにかく、二人の関係性に注目していただければと思います！

それでは、この辺りで謝辞を述べさせていただきます。

イラストをご担当いただきました『菊田幸一』様。

リュノアはかっこよく、アイネは可愛く、そしてえっちに描いてくださいました。

作品として王道ファンタジーの雰囲気も強く出ていて、本当に担当していただきまして嬉しい限りです。ありがとうございます！

担当編集者のK氏。色々細かく対応していただいて、大変助かっております。何でも話しやすいので、たまにフランクになりすぎた気もしますが、これからもその雰囲気でいきます！

また、関係者様も含めまして、この場にて感謝の言葉を述べさせていただきます、ありがとうございます！

そして、この本を取ってくださいました皆様にも感謝を。ありがとうございました！

また次巻で会えましたら、宜しくお願い致します。

ファンレター、作品のご感想をお待ちしています!

【宛先】
〒104-0041
東京都中央区新富 1-3-7　ヨドコウビル
株式会社マイクロマガジン社
GCN文庫編集部

笹塔五郎先生 係
菊田幸一先生 係

【アンケートのお願い】

右の二次元バーコードまたは
URL (https://micromagazine.co.jp/me/) を
ご利用の上、本書に関するアンケートにご協力ください。
■スマートフォンにも対応しています (一部対応していない機種もあります)。
■サイトへのアクセス、登録・メール送信の際の通信費はご負担ください。

GCN文庫

一緒《いっしょ》に剣《けん》の修行《しゅぎょう》をした幼《おさな》馴《な》染《じみ》が奴隷《どれい》になっていたので、Sランク冒険者《ぼうけんしゃ》の僕《ぼく》は彼女《かのじょ》を買《か》って守《まも》ることにした

2021年10月25日　初版発行
2021年12月25日　第2刷発行

著者　笹塔《ささとう》五郎《ごろう》
イラスト　菊《きく》田《た》幸一《こういち》

発行人　子安喜美子

装丁　森昌史
DTP／校閲　鷗来堂

印刷所　株式会社エデュプレス

発行　株式会社マイクロマガジン社
〒104-0041 東京都中央区新富1-3-7 ヨドコウビル
［販売部］TEL 03-3206-1641／FAX 03-3551-1208
［編集部］TEL 03-3551-9563／FAX 03-3297-0180
https://micromagazine.co.jp/

ISBN978-4-86716-198-2 C0193